蔦屋重三郎事件帖㈡

謎の殺し屋

鈴木英治

時代小説文庫

角川春樹事務所

目次

蔦屋重三郎事件帖〈二〉

謎の殺し屋

第一章

一

小鳥の鳴き声を耳にし、平沢平格《ひらさわへいかく》は朝が来たことを知ったが、すぐには目を開けようという気にならなかった。

まだ眠くてならないのだ。こうして寝床に横になったまま、ずっとうつらうつらしていたい。それが実に心地よい。

――なにしろ昨晩、遅かったからな。

大名家の留守居役《るすいやく》同士の寄合《よりあい》があり、ここ久保田佐竹《くぼたさたけ》家の江戸上屋敷に平格が戻ってきたときには、深夜の九つをかなり過ぎていた。そのあとにも眠気をこらえて、忘れないうちにと昨夜の寄合について上役に提出する留書《とめがき》を書き上げてから寝《しん》についたのである。

とうの昔に酒は飲まないことに決めたから、ふつか酔いはないが、眠気だけはどうにもならない。

五十歳を過ぎたあたりから、夜更かしすると、一晩寝たくらいでは疲れが抜けなくなった。日中も、常に眠気を感じていることが少なくない。

二月ほど前の一月二十五日に、天明《てんめい》は大飢饉《だいききん》や団栗焼《どんぐりや》けと呼ばれる京の大火などがあったことから、縁起の悪さを嫌われて、寛政《かんせい》へと改元された。

今日は、寛政元年（一七八九）の三月二十四日である。平格は、この正月で五十五歳になった。

――五十五ならば、とうに隠居していても当たり前の年齢だものな。この歳《とし》で現役として働いているほうが、むしろおかしいのではないか。

若い頃《ころ》と変わりがないのは気持ちだけで、体は正直である。確実に老いてきているのがわかる。

そういえば、と平格は唐突《とうとつ》に平賀《ひらが》源内《げんない》のことを思い出した。

――俺が五十五ということは、あれからもう十年もたったのか。

命を失いかねない窮地に陥った平賀源内を蔦屋重三郎《つたやじゅうざぶろう》の知恵で死んだと見せかけ、田沼意次《たぬまおきつぐ》の領内である遠江国《とおとうみのくに》の相良《さがら》に逃亡させてから、すでにそれだけの年月が経過したのである。

――ならば、俺が老いるのも当たり前だな。

四年前に平賀源内は、相良領内で天寿を全うしたと聞いた。松平定信《まつだいらさだのぶ》によって田沼意次が失脚する前のことだ。

——源内どのは、田沼家の終焉《しゅうえん》を見ずに済んだのだ。

二年前に相良城は破却され、意次は五万七千石という石高《こくだか》の大半を召し上げられて蟄居《ちっきょ》となった。そして去年、七十歳でこの世を去った。

まだ田沼意次が権力を握っているうちに源内は死んだのだ。そのことが、平格の気持ちをわずかに慰めた。

——しかし、眠気が消えぬからといって、いつまでも寝ているわけにはいかぬな。

まぶたにぎゅっと力を込めて、平格は思った。今日もいつもと同様に、出仕しなければならないのだ。

昨日が遅かったからというのは、遅刻の理由にはならない。むろん、五十五という年齢もだ。

えいや、と自らに気合を入れて、平格はついに目を開けた。

寝所には、朝の光がじんわりと入ってきている。今は、六つを少し過ぎた頃合いではなかろうか。

隣の寝床に妻の姿はない。とうに起き出し、朝餉《あさげ》の支度にかかっているようだ。ここ平沢家の家には四人ほどの奉公人がいるが、いつも清江《きよえ》は奉公人の手伝いをしている。

——よし、俺も清江を見習って起きてみせるぞ。

全身に力を込め、平格は上体を起き上がらせようとした。しかし、すぐにやめた。またしても耐えがたい眠気が襲ってきたのである。

体から力を抜いて平格は再び目をつむった。

——ああ、なんと気持ちよいことか……。

眠気に負けた自分が駄目な男に成り下がったような気がするが、それも仕方のないことだろう。もともと、さして上等な人間ではないのだ。

——しかし、こんなざまでは、さっさと為八《ためはち》に家督を譲り、隠居するべきだろうか。せがれの為八は、今ちょうど二十歳である。留守居役見習いとして、二年ほど前から上屋敷に出仕をはじめている。

——ふむ、それもよいかもしれぬ。俺もそろそろ潮時《しおどき》だろう。これまで懸命に主家のために働いてきたのだ。そろそろ隠居し、余生を楽しむのも悪くないのではないだろうか。

隠居か、と平格は改めて思った。普段は隠居などほとんど考えることはない。それにもかかわらず、隠居のことが頭に浮かんできたり、まだ寝床でぐずぐずと横になったりしているのは、どうにもやる気が出てこないから、というのもある。

——今は、世相があまりに暗くなってしまっているからな。

三年前の天明六年（一七八六）老中だった田沼意次が失脚し、新たに陸奥《むつ》白河《しらかわ》城主の松平定信が老中首座となって公儀の権力を一手に握った。定信は八代将軍吉宗《よしむね》の孫という抜群の血筋で、その周囲には頭の上がる者はほとんどいないらしい。

定信は、それまでの意次の政策をすべて否定し、明るさにあふれていた世の中の風潮を惰弱《だじゃく》であると断じ、がらりと変えようとしているのだ。武家には文武を奨励《しょうれい》し、贅沢《ぜいたく》はやめて節約を呼びかけている。

それだけでなく、庶民にも質素な暮らしにつとめるようにと口出ししてきているのだ。江戸に住む者たちすべてに、彩りとつやのない生活を強制しようとしている。

もともと江戸っ子は質素な暮らしに慣れているとはいえ、たまには思い切り羽目を外したいはずだ。だが、定信はそれも許そうとしていないような気がする。

これまでの意次の政策がさんさんと日が照るような明るいものだっただけに、急に凍《こご》える冬がやってきたかのごとくで、平格の気持ちは萎《な》えてしまいようがない。

たくましさが取り柄《とえ》の江戸っ子たちも、身が縮こまるような思いで、日々を過ごしているのではあるまいか。

しかも、松平定信の口出しは、出版のほうにも及んでこようとしているのだ。諧謔《かいぎゃく》でもって公儀をおもしろおかしく批判するような読物も、禁じてきている。どんな形であれ、公儀の政策にけちをつけるような書物は、すべて差し止めになろうとしているのである。

平格が蔦屋重三郎のもとから出した『文武《ぶんぶ》二《に》道万石通《どうまんごくとおし》』は、松平定信が声高に叫んでいる文武奨励策を風刺したものだが、それもまちがいなく差し止めになりそうだ。平格の無二の友垣《ともがき》で『鸚鵡返文武二道《おうむがえしぶんぶのふたみち》』を出版した恋川春町《こいかわはるまち》も、公儀からお咎《とが》めを受けるのではないか、と前に会ったときにおびえたようにいっていた。

春町は、駿河小島《するがおじま》で一万石を領する松平家の江戸留守居役である。留守居役同士の寄合で、顔を合わせることも少なくない。

――あのときはあまり顔色がよくなかったが、寿平《じゅへい》は健やかに暮らしているかな。

恋川春町というのは筆名で、本名を倉橋格《くらはしいたる》といい、寿平は通称である。寿平は、見た目は磊落《らいらく》そうに見えるが、内実はけっこう気弱で繊細なところがあるから、平格は心配でならない。

公儀を批判するような書物を著し、主家に迷惑をかけてしまったことも、寿平は気に病んでいた。

――よし、暇を見つけて寿平に会いに行こう。それも、できるだけ早いほうがよいな。寿平のことだ、今もきっとしおれていよう。なんとか元気づけなければならぬ。そのための手立てを考える必要がある。なにかいい手があるだろうか。

――いや、その前に俺自身をなんとかせねばならぬぞ。このやる気のなさは、どうすれば飛んでくれるものか。

しかし、その答えは考えるまでもない。端《はな》から出ていた。

――松平定信が、この世からいなくなればよいのだ……。

老中首座を呼び捨てにして、平格は思った。

――できることなら、この俺がこの世から除いてやりたい……。

平格は、ぎゅっと拳《こぶし》を握り締めた。はっとして、苦笑する。

――いま俺は、とんでもないことを考えていたな。

松平定信を斬《き》り、あの世に送る。そんなことを夢想しただけで、眠気が一気に飛んだ。平格は、ぱちりと目を開けた。

――まあ、しかし考えるのだけは自由だからな。松平定信の統制策も、俺の頭の中までは及んでこぬ。

それに今のなまった体では、松平定信でなくとも、人を斬ることなどできそうにない。鍛錬《たんれん》を積まねばならない。

――しかし、これまで人斬りの経験がなくとも、人を斬れるものなのかな。誰《だれ》にでも初めてというのはある。やろうと思えばやれるのではなかろうか。

――肝心なのは、いかに平常心を保つかであろう。常と変わらぬ気持ちがあれば、やれぬことはないのではないか。

――だが、考えたところで詮《せん》ないことだ。

廊下を渡ってくるかすかな足音がし、その直後、目の前の腰高障子《こしだかしょうじ》に人影が映り込んだ。

「父上――」

腰高障子越しに声をかけてきたのは、せがれの為八である。

「為八、どうした」

平格の声に応じて、からりと音を立てて腰高障子が開いた。廊下に端座した為八の顔が見えた。つやつやとして、いかにも若々しい。

「父上、おはようございます」

「うむ、おはよう」

「父上、まだ起きられぬのですか」

布団に横になったままの平格を見て、案じ顔で為八がきいてきた。

「いや、今ちょうど起きようと思っていたところだ」

「お疲れなのですね」

「まあ、そうだな。歳だし……。だが、もう本当に起きる気でいたのは嘘《うそ》ではない。眠気もない」

ゆっくりと平格は起き上がり、寝床にあぐらをかいた。

――ふう、やはり体が重いな。

平格は左の肩を、とんとんと叩《たた》いた。その様子を為八が心配そうに見つめる。

「父上、体調がすぐれぬのですか」

「すぐれぬというほどではないが、まだ昨夜の疲れが抜けぬ」

「ああ、さようですか」

為八の瞳《ひとみ》には、くっきりと憂《うれ》いの色が見えている。

――為八は、俺のことを案じてくれているのだな。親孝行ではないか。

「朝餉の支度ができたのか」

為八にききながら、平格は少し息を入れた。

「はい、できたそうにございます。母上に、父上を呼んでくるようにいわれました」

わかった、と平格はいった。

「厠《かわや》に行って用を済ませたら、居間に行く」

「承知いたしました。父上、洗顔を忘れぬようにしてくださいね」

笑みを浮かべて為八がいった。ときおり平格は顔を洗うのを失念することがあるのだ。

「ああ、よくわかっている」

「では、父上がすぐにいらっしゃることを母上に伝えておきます」

「頼む」

すっくと立った為八が、きびきびと廊下を歩き出す。二十歳という若さを感じさせる軽やかな動きである。

その姿を、うらやましい思いで平格は見送った。

——しかし我がせがれながら、なかなか出来がよいのではないか……。

平格には頼もしいとの気持ちがある。これなら、いつ隠居してもいいような気になってくる。

「よっこらしょ」

体の重さは相変わらずだが、歯を食いしばるようにして平格は立ち上がった。

──若い頃は、自分だけは歳を取ることがなく、若さは永久のものだと思っていたな。きっと、今の為八も同じ気持ちでいるのだろう。

為八が居間に入り、その姿が見えなくなった。寝間着の裾《すそ》を翻《ひるがえ》して、平格は厠に向かった。

──若者とは、自分だけは人さまとは別だと、当たり前に考える生き物だ……。

しかし、歳を取ってみると、ほかの人となんら変わらないことを思い知ることになる。

──それでも、俺には黄表紙を書くという、ほかの者にはない才があるではないか。だが、それも松平定信という人物によって、この世から不要の物として潰《つぶ》されようとしている。

今の政《まつりごと》に対して風刺の利いた書物を刊行したことで公儀に目をつけられ、主家にも迷惑をかけようとしている。もう二度と、黄表紙の著作はできないかもしれない。

──くそう。

寂《さび》しさと悔しさが平格の全身に満ちる。

──松平定信は、俺の命というべき黄表紙を取り上げるのか。

殺してやりたいという思いが、また平格の脳裏に浮かんできた。

――いや、冷静になれ、なるのだ。

厠に入り、平格は小用を足した。それで、少し頭に上っていた血が下がったような気がする。

――俺に、大勢の家臣に守られている松平定信を殺すことなどできようはずもない。もし仮にできたとしても、必ず捕手に捕まってしまうであろう。そんなことになれば、主家が取り潰しの危機に見舞われてしまう。

そんな不忠ができるわけがない。考えるだけでも軽挙としかいいようがない。

――もう二度とつまらぬことを考えるな。それから、心の中で松平定信と呼び捨てにするのもやめよう。人前でふと口をついて出たら、取り返しがつかぬ。

そんな決意を胸に平格は厠近くにある手水場《ちょうずば》で手を洗い、顔も洗った。さっぱりして気持ちよかった。

そばに吊《つ》り下がっている手ぬぐいで手と顔を拭《ふ》いて、平格は廊下を歩き出した。

居間に入る。清江と為八が膳《ぜん》の前に座していた。

「おはよう」

できるだけ快活な声を発して、平格は清江にいった。

「おはようございます」

平格の顔をじっと見てから、清江が挨拶してきた。

会釈気味に頭を下げてから、平格は上座に座した。

「あなたさま、疲れが抜けぬそうですが、お加減はいかがですか」

案じ顔で清江がきいてきた。清江を見返して平格は笑みを浮かべた。

「いや、大したことはない。なにも心配はいらぬ」

「でも、あなたさまもよい歳ですから、疲れが抜けぬのは致し方ないでしょう」

うむ、と平格はいった。

「自分自身、あまり歳とは思いたくないが、体に嘘はつけぬ。夜更かししたあとに起きねばならぬのは、やはり辛《つら》いものがある。若いときとはすべてが異なる」

「あなたさま、食欲はございますか」

「うむ、あるな」

腹をさすって平格は答えた。

「腹は空《す》いているぞ」

「でしたら、ご飯を盛りましょうね」

しゃもじを使って、清江が櫃《ひつ》から手早く茶碗《ちゃわん》に飯を盛る。飯で山盛りになった茶碗を、平格の膳の上に静かに置く。

「どうぞ」

「あ、ああ」

――これは、また量が多いな。

平格は目をみはったが、考えてみれば、若い頃から食欲は旺盛《おうせい》だった。清江と一緒になった頃が最も食べていた時代かもしれないが、それから平格の食欲が大きく落ちたことはほとんどなかった。清江としては、いつもの習慣に従ったに過ぎないのだろう。

「たくさん召し上がって、元気を取り戻してくださいませ」

「ああ、そうしよう。いただきます」

箸《はし》を取り、平格は朝餉を食しはじめた。それを見て為八と清江も、いただきますといって箸を手に取った。

炊き立ての米は甘みが感じられて、たくあんと一緒に嚙《か》んでいると、とても幸せな気分になった。豆腐の味噌汁《みそしる》をすすり、じっくりと味わって飲むと、疲れが吹き飛んでいく。

実際、食事を終えた平格は、清江が淹《い》れてくれた茶を喫《きつ》したとき、体に力がみなぎっているのをはっきりと感じていた。

——ふむ、食事というのは、やはり大事なのだな。

さる天明年間には大飢饉があり、特に陸奥では、数え切れないほど大勢の者が飢え死にしたという。だが、江戸に住む者で餓死した者など聞いたことがない。

——それだけ江戸は、恵まれているのだろう。こうしてたっぷりと食べられるというのが、いかに運がよいことなのか、俺たちはもっと考えるべきだな。

その後、もう一度、厠に行ってから、平格は清江の手を借りて居間で身なりをととのえた。寝所の文机《ふづくえ》に置いてあった留書を懐にしまい込み、清江から弁当を受け取った。

すでに出仕の支度を終えていた為八と一緒に家を出て、平格は同じ敷地内にある主殿を目指した。

二

主殿の大玄関を入り、廊下を歩くと、すぐに江戸留守居役の詰所《つめしょ》に着いた。

住処《すみか》と職場が同じ上屋敷内にあるのは、とてもありがたいな、と平格は改めて思っかった。やはりとても楽だと思うのだ。

　――遅く起きたとしても、こうして遅刻せずに済むからな。

　これでもし職場が遠かったら、遅刻を避けようと必死に足を急がせなければならない。

　すでに出仕していた同僚たちに挨拶《あいさつ》し、平格は自分の文机の前に座した。為八は、平格の背後、壁際にある見習い用の文机に座った。

　平格はすぐに立ち、留守居役頭取の一人である持田《もちだ》秋右衛門《あきえもん》の前に行った。

「持田さま、おはようございます」

「うむ、おはよう」

　書類から面《おもて》を上げた秋右衛門がにこやかにいった。

「持田さま、こちらが昨晩の寄合の詳細をまとめた留書でございます」

　留書を、ひときわ大きな文机の上にそっと置いた。

「相変わらず仕事が早いな。昨晩中にこの留書は仕上げたのだな」

「さようにございます」

「昨夜の寄合ではなにか決まったか」

　いえ、といって平格はかぶりを振った。

「これといって重要なことはなにも。新しく留守居役となった伊達《だて》さまの家中《かちゅう》の方の歓迎の宴というようなものでございました」

「伊達家のな……」

「まだ二十代半ばのお若い方で、いかにも切れそうな感じでございました。いずれかなりの人物になるのではないかと、お見受けいたしました」

「さようか」

さして関心もなさそうな顔で、秋右衛門がつぶやいた。確かに有能な留守居役など、珍しくないのだ。留守居役は臨機応変な対応が最も求められる役目で、頭の巡りの早いのは当然のことでしかない。

「平沢、今宵《こよい》も寄合があるのか」

「ございます。明晩もその翌日もございます」

「わしの出番となるような寄合はあるのか」

「明日の寄合には、頭取に是非とも出ていただかねばなりませぬ」

「では、重要な取り決めがある寄合が明晩あるのだな」

「ございます。寄合と申しても、お隣の酒井《さかい》さまの留守居役との話し合いでございます」

庄内《しょうない》の酒井家である。徳川《とくがわ》四天王の一人といわれ、徳川家康《いえやす》の創業を支えた酒井忠《ただ》次《つぐ》の直系の家だ。

「お隣となにか問題が持ち上がっているのか」

眉根《まゆね》にしわを寄せて秋右衛門がきいてきた。

「逃散《ちょうさん》した百姓についてでございます」

むっ、と秋右衛門が声を漏らした。

「では、いまだに我が領内から庄内に逃げ込む百姓がおるのか」

「さようにございます。国許《くにもと》からそういう知らせが来ております」

「ああ、そうであったな」

書状が届いていることを思い出したか、秋右衛門が苦い顔をしてうなずいた。

庄内の酒井家はもともと領民を大事にする家風で、先の大飢饉でも、米の不作に備えて二万俵もの備《び》荒籾《こうもみ》を蓄えていたおかげで、餓死者をほとんど出さずに済んだという。

しかし、その手の備えをあまりしていなかった久保田では、特に百姓たちが惨状としかいいようのない状況に陥ったのだ。

大飢饉の影響が今も根強く残っている久保田では、百姓の逃散が今も相次いでいるのだ。逃散した百姓が目指すのは、たいていの場合、庄内である。

「我が領地から庄内に逃げ込んだ百姓は、どんな処遇を受けておるのだ」

「郡奉行《こおりぶぎょう》の手下に捕らえられて牢《ろう》に入れられているようですが、調べののち、牢を出て、開拓地のほうに送られているという話もございます」

「なんと。我が領内の者どもを、自分たちの領内の者どもとして使役しているというのか」

「さようにございます。逃散を見逃していると、働き手がいなくなり、村は荒廃するばかりです。逃散百姓は必ず戻すように、申し入れることを考えております」

「それは当たり前だな」

鼻息も荒く秋右衛門がいった。

「その寄合は明日だな」

秋右衛門が確かめるように問うてきた。

「さようにございます」

平格は、秋右衛門に場所と刻限を伝えた。

「わかった。日本橋の磯源《いそげん》に暮れ六つに行けばよいのだな」

「はっ」

「わかった。しかと覚えておくが、平沢、念のため、明朝わしに改めて伝えてくれぬか」

「お安い御用にございます」

頭を下げて平格は秋右衛門のそばを離れ、自分の文机に戻った。

書類仕事をこなし、算盤《そろばん》を弾《はじ》いていると、平沢どの、と横から声をかけられた。はっ、として見ると、かたわらに同僚の万田《まんだ》牧三郎《まきさぶろう》が立っていた。

「どうされた」

牧三郎を見上げて平格はきいた。

「もう昼休みになりましたよ」

「えっ、まことですか」

為八はどうしたのか、と平格は背後を振り返った。

「為八どのは先輩たちに誘われて、弁当部屋に行きましたよ」

「そうでしたか」

「では、それがしも弁当部屋にまいります。平沢どのはどうされますか」

「それがしは、いつもと同じようにここでいただきます」

弁当部屋はふんだんに茶の用意がしてあるなど弁当を使うのにありがたい部屋では

あるが、この詰所で煙草《たばこ》を吸うのが禁じられていることもあって、ここぞとばかりに同僚のほとんどが煙管《きせる》に火をつけるのだ。あのもうもうたる煙たさが平格には、きついのである。

「さようですか。では、失礼いたします」

一礼して牧三郎が去っていった。板戸が静かに閉まるのを見て平格は、横に置いてある風呂敷《ふろしき》の結び目をほどいた。中から弁当箱があらわれる。

まだ少しあたたかい。平格は弁当箱の蓋《ふた》を取った。

——こいつはうまそうだ。

梅干しが真ん中に置かれたご飯が、弁当箱にたっぷりと敷き詰められている。あとは、海苔《のり》の佃煮《つくだに》とたくあんが添えてあるだけだが、うまそうだな、と平格は口中に唾《つば》が湧《わ》いた。箸を手に取り、いただきますと一人でいってから弁当を食べはじめた。

よく嚙んで味わいながら食べていく。それでも、すぐに弁当箱は空になった。

——ああ、終わってしまったか。早いな。

弁当箱を閉じ、平格は丁寧に風呂敷で包み込んだ。

茶を飲みたかったが、煙草の煙が霧のように漂っている弁当部屋に行きたくなかった。あの煙が充満した部屋に行くくらいなら、茶を飲めないほうがまだよい。

そのとき、するすると板戸が開いた。一人の茶坊主が入ってきた。雄結《ゆうけつ》といい、留守居役の雑用などをこなしている男だ。

「ああ、平沢さま、やはりこちらでございましたか」

「雄結どの、どうされた」

「お客人でございます」

「それがしに客人ですか」

「倉橋さまと名乗っていらっしゃいますが、もしや、駿河小島の松平さまの留守居役の倉橋さまではございませぬか」

平格は目をみはって雄結を見た。

——寿平が訪ねてきたのか。

「まちがいなくそうでしょう」

平格はすぐさま立ち上がった。

「寿平、いえ、倉橋どのは今どちらにいらっしゃるのですか」

「はい、客間にお通ししておきました」

「それはかたじけない」

留守居役の詰所を出て、平格は客間を急いで目指した。

――いったい寿平は、どんな用で俺を訪ねてきたのか。

足を止め、平格は客間の襖《ふすま》の前に立った。

「寿平、入るぞ」

引手に手を当て、平格は襖を横に滑らせた。客間の隅のほうにぽつねんと座る寿平の姿が目に飛び込んできた。

「寿平……よく来てくれた」

襖を閉めて平格は寿平の前に座した。

――前と同じで、今日も顔色がよいとはいえぬ。いや、むしろ憔悴《しょうすい》しているといってよいな……。

「月成《つきなり》さん」

面を上げた寿平が、かすれたような声音で呼びかけてきた。寿平は平格のことを、いつも俳号で呼ぶ。これは、世話になっている版元の蔦屋重三郎に倣《なら》っているのである。

背筋を伸ばして平格は、目の前に座っている寿平を見つめ、笑いかけた。できるだけ快活な笑みになるよう、努力する。

「寿平、ちょうどよかった。おぬしに会いに行こうと今朝、寝床の中で考えておったところだ」

「ああ、そうだったのか。月成さん、俺になにか用事でもあるのか」

「いや、おぬしの顔を見たかっただけだ」

そうか、といって寿平が薄く笑った。

「俺も月成さんの顔を見たくて来たのだが、それだけではないのだ」

「どんな用件だ」

よくないことではないか、という予感が平格の胸の中で働いた。

「月成さん、大変なことになった」

大変なことだと、と平格は思った。胸のあたりがずきりとする。

「なにがあったのだ」

間髪《かんはつ》容れずに平格はただした。

「実は……」

つぶやくようにいって寿平がうなだれ、ため息をついた。それからしばしの間があった。ようやく寿平が顔を上げた。

平格と目が合う。

「御老中首座から呼び出しがあった」

「なんだって」

平格の腰が浮いた。すぐに座り直す。

「どういうことだ」

きいたが、寿平はすぐにはなにもいわなかった。

平格にはぴんと来るものがあった。

「まさか『鸚鵡返文武二道』のせいではないだろうな」

「いや、月成さん、そのまさかだ」

平格は、信じられぬ、と呆然《ぼうぜん》とする思いだ。公儀を風刺する黄表紙を書いただけで老中に呼ばれるなど、そんなことがあってよいのか。

――松平定信という人は、まことけつの穴の小さい男よ。いくら気に入らぬからといって、笑い飛ばすこともできぬどころか、当の本人を呼び出すなど……。

そんな器の小さい男が皆の上に立っているのだ。庶民の暮らしが窮屈になるのも、当たり前のことではないか。

――田沼さまの世が懐かしい。しかし、俺たちが田沼さまのことをいくら恋い焦がれても、彼《か》のお方《かた》が返り咲くようなことは決して起きぬ。

すでに鬼籍の人なのだ。

咳払《せきばら》いをして平格は寿平をじっと見た。

「御老中首座は、いつ来いといっておるのだ」

「二日後だ。役宅に来るようにということだ」

「行くのか、寿平」

「行かぬ」

迷いのない口調で寿平が答えた。

「行かずとも平気か」

「平気だ。病で臥《ふ》せっていることにする」

「ああ、それがよかろう」

実際に、と寿平が小さな声でいった。

「あまり具合がよいとはいえぬのだ」

えっ、と平格は思った。まじまじと寿平を見る。

「寿平、どこか悪いのか」

「どこが悪いということもないのだが、このところ気分がすぐれぬ」

顔色が悪いのは、そのせいか。とにかく、松平定信の政が寿平の体や心に小さくない影響を与えているのは、紛れもないことだろう。

――俺の大事な寿平をしおれさせおって。松平定信め、殺してやりたい。

またしてもそんな衝動が、腹の底から湧き上がってきた。平格はぎりぎりと奥歯を噛み締めた。

「どうした、月成さん」

驚いたように寿平が呼びかけてきた。

「どうした、とはなんだ」

面を上げて平格はきいた。

「ずいぶん怖い顔をしておるぞ」

「えっ、そうか」

肩から力を抜いて、平格はつるりと顔をなでた。

「月成さん、怖い顔をして、いったいなにを考えていたのだ」

「寿平には正直にいおう」

平格は、顔を近づけるように寿平にいった。寿平が素直に従う。

平格は寿平の耳にささやきかけた。

「松平定信を亡き者にできたらどんなに素晴らしいだろう、と考えたのだ」

それを聞いても寿平は平然としていた。平格を見て小さくうなずいた。

「月成さんの気性なら、そのくらい考えても不思議はなかろう。それになにより、愛《あい》洲陰流《すかげりゅう》の達人だ。もし近づくことができれば、あの男をあの世に送るのは、さして難しいことではあるまい」

平格は、愛洲陰流の始祖である愛洲移香斎《いこうさい》の血を引く平沢家に養子入りしたのだ。

――近づければ、か。しかし、それが最も難儀だが……。

だが、寿平が呼び出されたということは、松平定信が自分にも出頭を命じてもおかしくはない。

――俺にも『文武二道万石通』があるのだからな。

『文武二道万石通』は『鸚鵡返文武二道』と対《つい》をなす作品なのだ。

「しかし寿平、俺には松平定信公を殺れはせぬ。ただ、頭で考えるだけでしかない」

「それで十分だ。もし本当に月成さんが松平定信を殺すようなことになれば、月成さんだけでなく、いろいろな人に累《るい》が及ぶ。むろん、主家にもだ」

「それは俺にもよくわかっておる」

「それを聞いて安堵《あんど》した」

儚《はかな》げな笑みを寿平が見せる。その笑顔を目の当たりにして、平格は胸を衝《つ》かれた。

「寿平、今度、鬱憤晴《うっぷんば》らしに行こう」

寿平を元気づけようと、平格はいった。

「鬱憤晴らしというと」

「まだこれといって考えておらぬが、おもしろい趣向をひねりだそうと俺は思っておる」

「おもしろい趣向か。それは楽しみだ」

「すぐにつなぎを取るゆえ、寿平、待っていてくれ」

「承知した。月成さんも、松平定信に呼ばれるかもしれぬ。そのあたりは心しておいてくれ」

「ああ、よくわかった」

「では月成さん、これでな」

「えっ、もう帰るのか」

「それはそうだ」

うなずいて寿平が言葉を続ける。

「もう昼休みは終わりだろう。俺も上屋敷に戻らねばならぬし……」

「ああ、そうか。もうそんな刻限か」

うむ、といって寿平が立ち上がった。その動きにはあまり精彩が感じられなかった。

どこか年寄りめいている。

――寿平は四十六だったな。まだまだ老け込むような歳ではないのに……。

やはり、松平定信のせいとしかいいようがない。

またしても平格の中で怒りが湧いてきた。

――俺の大事な寿平を、こんなふうにしおって……。

松平定信をこの手で斬り殺す。いや、刀の錆《さび》にするのももったいない。くびり殺すことができれば、もうなにもいうことはない。

「月成さん――」

寿平に呼ばれ、平格は顔を上げた。

「また怖い顔をしているぞ」

ああ、と我に返って平格は答えた。

「また松平定信公のことを考えてしまった」

「彼の男のことは、忘れたほうがよいな」

平格と寿平は客間を出た。二人して廊下を歩いて玄関に向かう。

式台にのった寿平が、玄関の外にいるはずの供の者を呼ぶ。すぐに供の者は姿を見せ、寿平のために草履《ぞうり》をそろえた。

草履を履いて、寿平が式台にとどまっている平格に辞儀をした。

「では、これでな。月成さん、息災に過ごしてくれ」

「寿平も元気で」

うむ、と寿平がうなずいた。

「寿平、気を落とさんでくれよ」

「わかっている。月成さんこそ、どんなことが起きようと、決して短気を起こさぬようにな」

「短気を起こさぬようにか……。わかった」

安堵したように小さな笑みを浮かべて、寿平が玄関を出ていった。その笑みはずいぶん儚く見えた。

――寿平……。

その場で身じろぎ一つせず、平格は寿平を見送った。

三

詰所に戻って平格は一休みした。

——しかし寿平は大丈夫かな。まさか自害するようなことはなかろうと思うが……。

妙なことを考えるな、と平格は自らを厳しく戒《いまし》めた。

——下手なことを考えて、もしうつつのことになったらどうするのだ。

昼休みが終わり、詰所内は再び同僚たちで満ちた。せがれの為八も、平格の背後の席についた。

それを見た平格は軽く息を入れ、執務に取りかかろうとした。

しかし、仕事に集中する間もなく、詰所の板戸を開けてまた雄結が姿を見せた。

——また俺に用があるのではなかろうな。

板戸を閉めた雄結が、まっすぐ平格に近づいてきた。

——やはり俺か。また来客だろうか……。しかし、そんなに立て続けに客があるものだろうか。まさか寿平が舞い戻ってきたということもあるまい。

心中で平格は首をひねった。雄結の表情は平静そのもので、顔色からはどんな用件なのか、読み取ることはできなかった。

「平沢さま」

かたわらに立ち、雄結が穏やかな声をかけてきた。

「殿がお呼びでございます」

えっ、と平格は戸惑った。

「殿でございますか」

それはまったく考えていなかったことだ。

「さようにございます」

笑みを浮かべて雄結が肯定する。

「殿がそれがしを……」

主君の義和《よしまさ》は英明とはいえ、まだ十五歳である。父親の義敦《よしあつ》が四年前の六月に死に、義和は十一で佐竹家を継いだのだ。

――年若の殿が、俺にいったいどんな用があるというのだろう。

平格の頭をよぎったのは、やはり『文武二道万石通』のことである。

この著作についても、寿平が案じていたように『鸚鵡返文武二道』と同様、松平定信から難癖をつけられたのではないだろうか。そのための義和による呼び出しではないか。

それしか考えられない。

だとすると、これは十五歳の義和の考えではなく、江戸家老の小野崎兵部《おのざきひょうぶ》あたりの思惑《おもわく》が働いているのかもしれない。

「わかりました。対面の間に行けば、よろしいのでしょうか」

雄結を見上げて平格はきいた。

「手前がご案内いたします」

雄結が申し出てくれた。

「それは助かります」

すっくと立ち上がった平格は上役の秋右衛門の前に行った。

「今から、殿にお目にかかりに行ってまいります」

「殿だと。殿がおぬしになに用だ」

目を険しくして秋右衛門が問うてきた。

「おそらく『文武二道万石通』の件についてではないかと思います」

「では、おぬしの『文武二道万石通』のことで、殿は御老中首座の松平さまからなにかいわれたということか」

「さようにございます。御家《おいえ》に迷惑をかけてしまい、まことに申し訳なく思っております」

「わしに謝らずともよいが、とにかくお呼び出しとあらば、すぐに殿にお会いしてまいれ」

「承知いたしました」

秋右衛門のもとを辞した平格は、詰所をあとにした。

雄結の先導で暗い廊下を進み、対面の間の前にやってきた。失礼いたします、と雄結が断りを入れると、中から襖が開いた。主君佐竹義和の小姓《こしょう》の一人が立っていた。

「殿のお呼びと聞き、平沢平格さまをお連れいたしましてございます」

小姓に向かって雄結が丁重にいった。小姓の目が平格に当てられる。

「平沢どの、お待ちしておりました。お入りください」

「では、失礼いたします」

雄結に目礼して、平格は対面の間に足を踏み入れた。背後で襖が閉じられる。

小姓に促されるままに、平格は掃除の行き届いた畳の上に座した。

「お成りでございます」

対面の間の奥のほうから声がした。平格は両手をついてこうべを垂れた。

奥の襖が開く音がし、一段上がった上間で人が動く気配がした。

「平沢、面を上げよ」

やや甲高い声がかかり、平格はわずかに顎《あご》を持ち上げた。

「平沢平格、もそっとだ」

その声に従って、平格は顔をしっかりと上げた。

平格の前に、一人の若い男が脇息《きょうそく》にもたれて座っていた。

主君の義和である。二人の小姓が義和の両側に控えている。

「平沢、息災にしておったか」

平格を見つめて、義和が優しい声を投げてきた。

「はっ、おかげさまで達者にしております」

「それは重畳《ちょうじょう》」

平格を見て義和がにこやかに笑んだ。

「殿もお顔のつやもよく、お元気そうでなによりでございます」

「余はまだ若いからな、元気なのは当たり前であろう。平沢は五十五だったな」

――殿は俺の歳をご存じであったか。

思いがけない言葉に、平格の胸に感動の思いが満ちる。

「平沢、留守居役は激務と聞く。疲れてはおらぬか」

すぐさま平格は平静さを取り戻した。

――まさか隠居を勧められるのではなかろうな。

「少し疲れております」

軽く頭を下げて平格は答えた。

「もしや昨夜も遅かったのか」

「いえ、大して遅くもありませぬ」

平沢、と思いやりを感じさせる声音で義和が呼びかけてきた。

「決して無理はするな。そなたにはまだまだ働いてもらわねばならぬのだ。ここで体を壊されては元も子もない」

「ありがたきお言葉にございます」

義和から隠居を勧告されるのではないかと勘繰ったことを、平格は深く恥じた。若いのになんと素晴らしい主君であろうか、と逆に思った。

――このままずっとお仕えしたい。

平格はそんな衝動に駆られた。

――だが、これほど群を抜いてすぐれたお方だ。俺は早めに身を引き、為八に長く仕えさせたほうがよいのではないか。

平格はそんなことも考えた。

「平沢、今も著作はしておるのか」

義和の問いが耳に飛び込んできて、平格の思いはそこで中断した。

「いえ、今はまったくしておりませぬ。おそらく二度と筆を持つことは、ないのではないかと存じます」

それを聞いて義和が難しい顔になった。

「筆を折るか。それは、やはり松平さまの政のせいなのか」

口調に厳しさをにじませて、義和がたずねてきた。

「松平さまのせいと申しますより、今の時代にそれがしの書くような黄表紙は合わぬということでございます。それがしは『文武二道万石通』という黄表紙を蔦屋から出しましたが、それが御政道を風刺したということで、差し止めになるのは、まずまちがいないものと存じます」

「やはりそうか……」

義和を控えめに見やって平格は言葉を続けた。

「『文武二道万石通』を出版したことで殿やご家中の方々にご迷惑をおかけし、それがしはまことに申し訳なく思っております。ですので、これ以上のご迷惑をかけるわけにはいかず、黄表紙は二度と書かぬと心に決めましてございます」

口を閉じ、平格は義和にそっと眼差しを当てた。

「そなたの著作を二度と読めぬというのか。それはまた残念なことだ。そなたは、我が家にとって宝物だったのに……」

いかにも無念そうに義和がいった。平格の胸は、感激の思いで満たされた。

「ありがたきお言葉にございます」

平格の頭は自然に下がった。

「そなたの黄表紙を二度と読めぬことを知れば、江戸の者たちは相当、寂しがろうな。『文武二道万石通』は、かなり売れたと余は聞いたぞ」

「それがしもそのように、蔦屋から聞いております」

「政を風刺した書物が売れたというのは、それだけ今の世に、庶民は息苦しさを覚えている証であろうな。そなたの『文武二道万石通』や恋川春町の『鸚鵡返文武二道』を読んで、庶民たちは鬱憤晴らしをしているのであろうに、そのすべても公儀は奪ってしまうのか……」

寿平の著作までご存じであったか、と平格は少なからず驚いた。

「恋川春町はそなたの友垣と聞いたが、春町も筆を折るのか」

「さようにございます」

先ほど会ったばかりの寿平の顔を思い出して、平格はうなずいた。

そうか、と義和がぽつりといった。

「まったくつまらぬ世の中になったものよ。たかがおのれの行う政を風刺されたくらいで、才ある者を潰しにかかるとは……。人の上に立つ者は、その程度のことは笑い飛ばせるほどの度量がほしいものだ。それでなければ、民を幸せにはできぬ。なあ、平格、そうと思わぬか」

「おっしゃる通りにございます」

壁に耳あり障子に目ありというが、ここは公儀の手が及ばない上屋敷内である。なにをいってもかまうまい、と平格は思った。松平定信の手の者が公儀批判をする者を探るために江戸市中に放たれているという噂もあるが、ここ対面の間にはそのような者が忍び込んでいるらしき気配は伝わってこない。

縁の下や天井裏に練達の忍びのような者がひそんでいようと、探り当てるだけの自信が平格にはあるのだ。年老いたとはいえ、勘はますます冴えている。

実はな、と少し身を乗り出すようにして義和が口を開いた。

「昨日、殿中において御老中首座は、余に嫌みをいいおったのだ。朋誠堂喜三二《ほうせいどうきさんじ》という者は、佐竹どののご家中であったな、と」

苦々しげな顔で義和が告げた。なんと、と平格は思い、腰が浮きかけた。

脇息にもたれて義和が言葉を続ける。

「余は、さようにございます、と答えた。御老中首座は、もし朋誠堂喜三二が『文武二道万石通』のようなものを再び書くようなことがあれば佐竹どのの家はどうなるかご覚悟されたほうがよかろうな、といったのだ」

露骨すぎるほどの脅しである。まさに松平定信の本性が出ているような言葉といってよいのではないか。

「それがしのせいで、殿には申し訳ないことを……」

それ以上、平格は声が出なかった。義和が上品な口元をわずかにゆがめた。

「余は悔しくてならなんだ。正直そのとき、あの男をこの世から除きたくなった……。しかし家のことを思えば、こらえるしかない。もし脇差を抜いて斬りかかるような真《ま》似《ね》をすれば、我が家は取り潰しだ」

その通りだろう、と平格は思った。義和だけでなく大勢の家臣が路頭に迷うことになる。

「平沢、余はこらえた。じっとこらえ、承知いたしました、と御老中首座にいった」

天晴《あっぱ》れです、と平格は義和を褒めたたえたかったが、そのことを口にするのはあまりに僭越《せんえつ》ではないかという気がし、下を向いて黙っていた。

「余としては、あのような男の言に従いたくはないのだが、我が家のことを第一に考えざるを得ぬ。筆を折ることは平格も無念でならぬであろうが、ここは余と同様、こらえてくれい。この通りだ」

平格を見つめて義和が深く頭を下げてきた。

「殿、もったいのうございます」

すぐさま立ち上がり、義和の肩をかき抱きたいという思いに平格は駆られた。

「どうか、殿、お顔を上げてくださいませ」

両手を畳につき、平格は懇願した。

「平沢、こらえてくれるか」

よく光る目が平格をじっと見ている。

「もちろんでございます。殿にそこまでのお言葉をいただいて拒む家臣など、この世のどこにおりましょうや」

「そうか、わかってくれたか」

「最初に申し上げた通り、御家に迷惑をかけたことをそれがしは申し訳なく思っております。筆を折るなど当然のことでございます。それだけでは足りず、腹を切って詫《わ》びすべきと考えておりました」

「いや、平沢、腹を切るなど余が許さぬ。これからもこれまで同様、余に仕え続ける再び両手をそろえて平格は低頭した。

「それでよい。平沢、これで余の用事は終わった。戻るがよい」

「はっ、わかりました」

満足げにうなずいて、すっくと立ち上がった義和が右手に向かって歩いていく。小姓が開けた襖をきびきびと通り抜けていく。

平格は平伏していたが、義和の姿は目の端に捉《とら》えていた。義和の足取りは見惚《みと》れるほどに美しく感じられた。

――佐竹の御家は安泰だ。

これで安心して死ねるとまでは思わなかったものの、主家の行く末が盤石《ばんじゃく》に感じられて、平格は安堵した。

――俺が筆を折るくらい、主家の安泰に比べたら、なんということもない。

奥の襖が閉まる音がし、平格は顔を上げた。

――気持ちがずいぶんすっきりしておるな。

今朝に起きたとき、筆を折るまでの決意はしていなかった。

だが、義和に会ったことで吹っ切れた。

——政というものは糸が絡《から》み合うように込み入っているものだ。今は天下の権を握っている松平定信公も、いつかは田沼公のごとく権力の座から引きずり下ろされる日がやってくるに相違ない。

そして、その日はさほど遠くないような気がする。松平定信はあまりに傲慢《ごうまん》で横暴に過ぎ、庶民の人気がないからだ。

なんの力もないように見える庶民だが、江戸において世論を形作るのは紛れもなく町人たちである。町人の支持なくして、政権の維持というのはあり得ぬものだと平格は考えている。

第二章

一

三味線《しゃみせん》の音色が聞こえない。

太鼓の音も耳に届かない。

宴会といえば華やかなのが当たり前だというのに、と平格は思った。

——鳴り物がないというのは寂《さび》しくてならぬ。刺身にわさびもつけずに食べるようなもので、実に物足りぬぞ。

今夜も平格は、留守居役《るすいやく》同士の寄合《よりあい》で日本橋の今揚橋《いまからはし》という料亭にいる。二年ばかり前までは、今揚橋でも三味線や太鼓の音が、すべての宴会場でにぎやかに鳴り響いていたものだ。

それが、松平定信が政《まつりごと》の中枢に座って以降、鳴り物を自粛せざるを得ないのだ。

——松平定信公が鳴り物嫌いなのはよいとしても、それを惰弱《だじゃく》だ、贅沢《ぜいたく》だといって下の者たちに押しつけることはあるまい。鳴り物は決して惰弱、贅沢などではないし、それを楽しみにしている者も大勢いるのだから……。

まったくつまらぬことをするものよ、と平格は唾棄《だき》するように思った。

──いったい、彼《か》の男はなんのために人々から楽しみを奪うのだろう。そんなことをして、なにか意味があるというのか……。

しかも、庶民たちが奪われているのは楽しみだけではない。鳴り物を生業《なりわい》としている者たちはまさに商売あがったりとなり、他の職に移らざるを得なくなっている。

──なんともひどいことをするものだ。鳴り物の芸人も、一朝一夕に一人前になったわけではあるまい。多大な労苦ののちに、ようやく飯を食えるようになったかもしれぬというのに……。

松平定信公というのは、そういう人の思いに決して思い至らぬ男なのだな、と平格は顔をゆがめて思った。

──つまり、人らしい熱い血が通っておらぬのだ。

そんな者が上に立ち、人々を幸せにできるはずがない。

いったいどこで歯車が狂い、こんなことになってしまったのか。

歯車をなんとか戻せるものなら、と平格は思うが、どうすることもできない。今はただただ歯噛《はが》みするしかなかった。

「平沢どの、なにを怖い顔をされているのですか」

不意にきいてきたのは、隣に座している板岡鯛之助《いたおかたいのすけ》である。鯛之助は、越後《えちご》長岡牧《ながおかまき》野《の》家七万四千石の留守居役だ。

「ああ、済みませぬ」

軽く頭を下げてから、平格は鯛之助に目を向けた。

「今それがしは怖い顔をしておりましたか」

「ええ、とても怖い顔をされていらっしゃいましたよ。平沢どののあのようなお顔、それがしは初めて見ました……」

「それは申し訳ないことをしました」

「ああ、いえ、謝るようなことではないのです。平沢どのは剣豪といわれておりますが、それを裏づけるような目の鋭さでしたよ」

「えっ、目が鋭かったのですか」

「はい。お気を悪くされるかもしれませぬが、今にも人を斬《き》り捨てるのではないかといわんばかりの気迫も、その二つの瞳から感じられました」

「えっ、人をですか」

「は、はい。実はそれがしにも剣術の嗜《たしな》みがあるのですが、剣豪と呼ばれるお方はこれほどの気迫を表に出されるのだなあ、と逆に感じ入るほどでした」

「はあ、さようでございますか……」

「しかし平沢どの、今宵《こよい》は新しく留守居役となった萩野《はぎの》さまの歓迎の宴ですから、確かに先ほどの怖いお顔は、似つかわしくないかもしれませぬ」

「はい、今宵はもう二度としませぬ」

萩野金二郎《きんじろう》は米沢上杉《よねざわうえすぎ》家十五万石の家臣で、留守居役になりたての男である。今夜は米沢上杉家と親しくしている大名家の留守居役たちへ金二郎を紹介することを兼ねて、この宴は催されたのだ。

今夜、今摺橋の宴会場に集まったのは、全部で九つの大名家の留守居役である。陸奥《むつ》から出羽《でわ》、越後あたりの大名だけで固められている。

「板岡どの、これでよいですか」

柔らかな笑みが頰《ほお》のあたりに浮かぶように、平格はできるだけ努力をした。

「ああ、いつもの平沢どのに戻られましたな」

安心したように鯛之助がいった。

「平沢どののその穏やかな笑顔に、万人は引きつけられるのですよ」

その言葉に平格は苦笑した。

「万人とは、また大袈裟《おおげさ》ですね」

「いえ、大袈裟なんてことはありませぬ」

笑みを消し、鯛之助がきっぱりといった。

「まことに平沢どのは菩薩《ぼさつ》のようなお方ですから。平沢どのと接したすべての者が慕うのは、至極当然のことですよ」

——俺が菩薩のようだと……。

日々、松平定信を殺したいと願っているような男である。それが菩薩であるはずがない。

——しかし、いずれにせよ板岡どののおっしゃる通り、歓迎の宴で怖い顔をするのはよくないことだ。こういうときは常に笑顔でいなければ……。

八年前、平格が留守居役に昇進したとき、やはり他家の留守居役たちが歓迎の宴を張ってくれた。

歓迎の宴は、以前は新人いじめの場となったこともあったらしい。古参の留守居役に聞いたところでは、いじめの意趣返しで刃傷沙汰《にんじょうざた》にまでなったこともあるらしく、中には死人が出たことすらあったという。その反省から、今はいじめなどなくなったと聞く。

——もともと留守居役の寄合など、座のようなものだからな。以前は仲間同士という思いが特に強かったのではあるまいか。歓迎の宴で行われたいじめというのは、おそらく通過儀礼のようなものだったのだろう。これをくぐりさえすれば、れっきとした我らの仲間だ、というような……。

ここ最近、留守居役の顔ぶれはあまり変わっておらず、古くからいる者たちが威張っているとはいえ、同じ家中《かちゅう》の者より気心が知れているのも事実である。

——それにしても、俺が留守居役になったのが、いじめがなくなったときでよかった。もしいじめに遭《あ》っていたら、気短で思慮が足りぬ俺は脇差《わきざし》を引き抜き、相手を叩《たた》き斬っていたかもしれぬ……。

たやすく人斬りを考えるような自分が、やはり菩薩であるわけがないのだ。

——考えてみれば、俺が隠居したら、いずれせがれの為八が見習いから正式な留守居役になることになるな。そのときも歓迎の宴が張られるにちがいないが、せがれのためにも、いじめがなくなってよかった……。

一通り留守居役たちとの挨拶《あいさつ》が終わった萩野金二郎がぽつねんと上座に座り、一人で杯を傾けているのに平格は気づいた。

すぐさま立ち上がって金二郎の前に行き、一礼して静かに座した。

を当ててきた。

あっ、と惚《ほう》けたように口を開けて金二郎がまぶしいものを見るように平格に眼差《まなざ》し
「先ほど名乗りましたが、改めて主家と姓名を申し上げます」

平格はいったが、金二郎があわてたように手を振った。

「あっ、いいえ、それには及びませぬ。久保田佐竹さまの平沢平格どのでございますね」

「おっしゃる通りです。覚えていただけて、うれしいですよ」

「平沢どのが朋誠堂喜三二さんだと、それがしは前任の磯山将兵衛《いそやましょうべえ》から聞いておりますので……」

その将兵衛は、二本松《にほんまつ》を領する丹羽《にわ》家の留守居役と顔を寄せ合って、なにやら熱心に話し込んでいる。

「それがしは黄表紙をよく読んでおりまして、こうして人気黄表紙作家の平沢どのにお目にかかれるなど、夢のようですよ」

「えっ、さようですか。それがしなどどこにでもいるような男で、萩野どのは落胆されたのではありませぬか」

「いいえ、そのようなことがあるはずがございませぬ」

力んだように金二郎が否定した。

「ありがとうございます」

ちろりを手に平格は、どうぞ、といって金二郎に酒を勧めた。

「あっ、これは畏《おそ》れ入ります」

恐縮したようにいって、金二郎が膳《ぜん》から杯を持ち上げた。ちろりをそっと傾けて、平格は金二郎の杯を酒で満たした。

「いただきます」

頭を下げてから、金二郎が酒を喫《きっ》する。杯を空にし、杯を膳に置いた。

「では、返杯ということで、今度はそれがしがお注《つ》ぎいたします」

手を伸ばし、金二郎が平格からちろりを受け取ろうとする。

「いえ、無粋でまことに申し訳ないのですが、それがし、酒はたしなまぬのですよ」

「えっ、さようでございますか」

目を丸くして金二郎が、まじまじと平格を見つめる。

「もともと飲めぬたちなのでございますか。それとも、なにか理由があって酒をおやめになったのでございますか」

「若い頃《ころ》は少しだけは飲めたのですが、歳《とし》を取った今は、体が酒をとんと受けつけなくなってしまいまして……」

「お体が……」

　金二郎が、少し気がかりそうな目で平格を見る。

「お医者にいわせると、酒の飲み過ぎは肝の臓を痛めることになるとのことですが、それがしは、別に肝の臓の具合がよくないとかそういうわけではありませぬ。ただ、酒が性に合わぬということですよ」

「ああ、そうなのですか。確かに、酒を一口でも飲むと、真っ赤になってひっくり返ってしまうという人がこの世にはいくらでもいると聞きますので」

「おっしゃる通りですね。それがしは、ひっくり返ったことは一度もないのですが……」

　穏やかな声音で、平格は同意してみせた。

「ところで、萩野どのはおいくつですか」

　かなり若そうな顔をしており、平格は金二郎の歳を知りたかった。

「はっ、二十七でございます」

「やはりお若いですね」

「いえ、二十七というと、それがし自身、かなり歳を取ったなと思っているのですが

「……」

「いやいや、それがしに比べたら、せがれのような歳でしかありませぬ」

「平沢どのは、五十五でございますね」

「ええ、その通りです。それがしの歳など、よくご存じですね」

ふふ、と金二郎が控えめに笑った。

「それがしが黄表紙好きなのは先ほど申し上げましたが、好きな作家のことは、できるだけなんでも知りたいのが、書物好きの性《さが》でございますよ」

いわれてみれば、と平格は思い出した。前に中間《ちゅうげん》の忠吉《ちゅうきち》が大川で溺《おぼ》れたとき担ぎ込んだ研安《けんあん》という医者が朋誠堂喜三二や恋川春町の書物を愛読してくれており、研安が持っていた平格と寿平の著作に名を入れることで忠吉の治療代がただになったことがあった。

――大川に落ちた忠吉を、あのときは海豚《いるか》が救ってくれたのだったな。

今となれば、あれも懐かしい思い出だ。

――あの海豚は今も生きているのだろうか。

元気でいてくれればよいのだが、と平格は願った。

「書物が好きな人というのは、書き手にとってはとてもありがたいものですね」

平格はにこりとして金二郎にいった。

「しかし萩野どの、それがしの年齢など、たやすく調べられるものなのですか」

「もちろんですよ」

あっさりと金二郎がうなずいた。

「それがしは、恋川春町さんの歳も知っていますよ。四十六歳ですね」

「ええ、おっしゃる通りです」

「平沢どのは、恋川さんと親しい間柄とうかがっていますが……」

「ええ、それがしの一番の友垣《ともがき》ですよ」

笑顔で平格はいいきった。

「恋川春町さんと一番の友垣とは、実にうらやましい」

「萩野どのは、恋川春町の本名をご存じなのですか」

「ああ、はい、存じております。駿河小島で一万石を領する松平さまの江戸留守居役で、倉橋格さまとおっしゃるとうかがっております。これは調べたのではなく、うちの磯山から聞きました」

「ああ、磯山どのは、恋川春町とは寄合で何度も会っておりますからね」

ふと金二郎がどこか案ずるような眼差しを平格に注いできた。

——なんだろう。

わずかに首をかしげて、平格は金二郎をじっと見た。

「あの、平沢どの——」

思い切ったように金二郎が呼びかけてきた。

「はい、なんでしょう」

居住まいを正して平格は言葉を返した。

「『文武二道万石通』のことなのですが……」

あたりを憚《はばか》るように金二郎が声をひそめた。

「公儀のほうから、なにかいってきましたか。政を風刺したり、暗に批判したりする書物は、いずれ出版が禁じられるという噂《うわさ》をそれがしは聞きました。公儀より、正式な出版取締令はまだ出ておらぬとは思いますが……」

しばらくなにもいわずに、平格は口を閉じていた。一つうなずいてから話し出す。

「今の政の流れでは、いずれ近いうちに出版取締令が出るのはまちがいないでしょう。著作で政の風刺ができなくなれば、それがしにとって書物を書く意味が、ほとんどなくなります。ですから……」

案じ顔で金二郎が見つめてきた。

「まさか平沢どのは、筆を折られるのでございますか」

いわれて平格は顎《あご》を引いた。

「ええ、まちがいなくそうなると思います」

「なんと――」

のけぞるようにして金二郎が驚いた。それを見て、近くにいた者たちがどうしたという顔で見てくる。

金二郎がすぐさま姿勢を直し、しゃんとしてまわりを見渡した。

「申し訳ありませぬ。なんでもありませぬ」

まわりの者に謝ってから、金二郎がふう、と息を一つ吐いた。

「あの、では、もしや『鸚鵡返文武二道』を著された恋川春町さんも、筆を折られることになるのでしょうか」

今日の昼に会ったばかりの寿平の顔を、平格は思い浮かべた。

「多分、そうなるのではないでしょうか。残念ですが……」

「ええ、まことに残念です」

落胆したように金二郎がいった。

「それがしは、お二人の著作をもっともっと読みたかったのに……」

ぎゅっと口を引き締めて、いかにも無念そうに金二郎がつぶやいた。すぐに面を上げて平格を見つめ、まわりの者たちに聞こえないような声音でしゃべり出す。

「しかし、今のような窮屈な御政道が、これからずっと長く続くとは、それがしには思えませぬ。庶民の不満はすでにたまりにたまっているようですからね。平沢どの、もし出版取締令が撤回されることになったら、また筆を持っていただけますか」

なんとも思い切った物言いだな、と平格は驚いた。あまりに脇が甘いとしかいいようがないが、まだ留守居役としてすれていない証《あかし》でもあろう。

「萩野どの、それがしにいうのはかまいませぬが、今のようなことは、あまり口にされぬほうがよろしいかと存ずる」

「ああ、はい、わかりました。お二人が筆を折るということに腹が立って、つい……」

身を縮めた金二郎に向かって、平格は微笑してみせた。

「もし今の政の潮目が変わるようなことになれば、また黄表紙を書いてみたいと思っていますよ。そのときもきっと、政を風刺するようなものになるでしょうね」

「ああ、それはうれしい」

心の底から安堵《あんど》したように金二郎がにこにこと笑んだ。

「一刻も早く御老中首座がいなくなってくれたら、よいですね」

　声を一段と落として金二郎がいった。

　──まことに松平定信公をあの世に送り込めたら、それ以上のことはないが……。

　いや、馬鹿なことは考えるでない。主家を危機に陥らせるようなこと、できるわけがないではないか。

　すぐに平格はおのれを改めて戒《いまし》めた。

「あの、平沢どの、ずいぶんと怖い顔をされていますが、大丈夫でございますか」

　おそるおそるという感じで、金二郎がきいてきた。

　金二郎を見て、平格は笑った。

「ああ、すみませぬ。それがし、少し考え事をしておりました。どうも最近、考えに沈んでいると怖い顔をするようになってしまったようです。歳のせいでしょうか」

　不意に平格は尿意を催した。

「ちと厠《かわや》に行ってきます。どうやら茶を飲み過ぎたようですね」

　金二郎に断ってから平格は立ち上がり、人をよけるように宴会場を壁伝いに歩いて、襖《ふすま》の前に立った。襖を開けて、廊下に出る。

二

木々がしっかりと手入れされた庭に面した廊下はさわやかな風が吹き渡り、それが平格の袴《はかま》の裾《すそ》をめくり上げていく。

庭の灯籠《とうろう》に火が入れられ、平格が歩き出した廊下に、ほんのりと淡い光を投げかけていた。

建物の端のほうにある厠に入って、平格は盛大に用を足した。

——茶を飲むと、小便がたくさん出るが、やはり茶にはその手の薬効があるのだろうか。茶は昔から薬といわれてきたらしいが、小便をたくさん出すことで、なにか体によいことがあるのかな……。まあ、ためておくよりもずっと体にはよさそうだが。

そんなことを考えつつ厠を出て、平格は手水場《ちょうずば》で手を洗った。懐にしまってある手ぬぐいで手を拭《ふ》いて、廊下に戻る。

向こうから廊下を足早に歩いてきた三十代半ばと思える男がすれちがう際、平格をちらりと見て、はっとした顔になった。

なんだろう、と思って平格は男を見返した。見覚えのある男である。それが誰《だれ》なのか、平格はすぐさま思い出した。

「あの……」

足を止めた男が、ためらいがちに平格に声をかけてきた。

「朋誠堂喜三二さんでは、ありませんか」

「これは歌麿《うたまろ》さん」

目の前に立つ喜多川《きたがわ》歌麿とは、これまで蔦屋で何度か顔を合わせてきている。最初に歌麿の顔を見たのは、十年くらい前のことか。店の中で、蔦屋重三郎と膝《ひざ》を突き合わせるようにして熱心に話し込んでいる姿を目の当たりにしたのだ。そのときは、それが誰なのか、平格は知らなかった。

平格をじっと見てから、歌麿が破顔した。

「朋誠堂さんは、手前のことを覚えていてくださいましたか」

「当たり前ですよ。歌麿さんといえば、絵描《えか》きとしてこの世に二人とおらぬ素晴らしい才の持ち主ではありませぬか」

歌麿は去年から今年にかけて、蔦屋から書物を立て続けに刊行している。『画本虫撰《えほんむしえらみ》』『潮干《しおひ》のつと』『百千鳥狂歌合《ももちどりきようかあわせ》』という三冊である。いずれも狂歌絵本と呼ばれる類の書物だ。

この三冊は草木や虫、鳥、貝の姿を、派手やかではあるものの、緻密《ちみつ》な筆致で描写している。草花や鳥、貝はこんなに鮮やかな色彩をしていたのか、と平格に改めて思わせてくれたものだ。三冊とも、目をみはる出来としかいいようがない。

歌麿は、寿平も門人だった鳥山石燕《とりやませきえん》の門下である。石燕は画家で浮世絵師でもあるが、妖怪《ようかい》の絵をよく描いたことで知られている。特に、『画図百鬼夜行《がずひゃっきやこう》』が世間の評判を取った。しかし残念ながら去年、鬼籍に入った。

石燕の享年は七十七と、平格は聞いている。喜寿である。まさに大往生といってよいのではないか。

平格は寿平からだいぶ前に歌麿について、すごい才を持つ絵描きがいると耳にしていたのだ。歌麿が蔦屋と知り合ったのは、寿平の紹介があったからである。

あわてたように歌麿が手を振る。

「いえ、朋誠堂さんがおっしゃるように手前が二人といない才ということはありません。なにしろ、この世には天才があふれていますからね」

「確かにそうかもしれませぬが、歌麿さんの才はその中でも図抜けていると、それがしは思っていますよ」

「えっ、さようですか。朋誠堂さんにそこまでいっていただくと、まことにうれしいのですが……」

平格は小さく咳払《せきばら》いをした。

「それがしは、歌麿さんの御本は、これまですべて拝見させてもらっています。やはりすごい才としかいいようがありませぬ」

驚いたように歌麿がきいてきた。

「えっ、手前の本をすべて読んでくださったのですか」

「ええ、その通りです」

にこりと笑って平格は首肯した。

「もちろん、人から借りたのではなく、ちゃんとお金を支払って購入しています。寿平もいっておりましたが、歌麿さんの絵には、人を強く惹《ひ》きつけるものがある。人の目を引く力が本当にすごい。何度でも申し上げますが、素晴らしい才としかいいようがありませぬ。歌麿さんに、狂歌絵本を描かせた蔦屋さんも、またすごいの一言ですが……」

「ええ、蔦屋さんという人は、朋誠堂さんのおっしゃる通りのお方です」

我が意を得たりとばかりに、歌麿が大きくうなずいた。

「人の才を見抜く眼力と、その人になにを描かせたらよいか、本質というものをがっちりつかむ力がすごいのです」

目を輝かせた歌麿が勢い込んでいった。

「ええ、まったくです」

すぐさま平格は同意してみせた。

「蔦屋重三郎という男がいるからこそ、この世に出ることができた者がたくさんおります。もちろん、それがしもその一人ですが……」

「ええ、手前も同じです」

誇らしげな顔で歌麿が胸を張った。

「手前が恋川春町さんに蔦屋さんを紹介していただいたのは朋誠堂さんもご存じだと思いますが、恋川春町さんの恩は、返しても返し切れないほどのものだと思っております」

その物言いから、歌麿が寿平に本当に恩に着ていることがわかり、平格の心は弾《はず》んだ。

――寿平、歌麿さんのような人もいらっしゃるのだぞ。

平格は一番の友垣に心で語りかけた。

――だから、ともにがんばろうではないか。

「しかし歌麿さんと、まさかこのようなところでお目にかかるとは思いませんでした……」

その平格の言葉を聞いて、歌麿がうなずく。

「手前を贔屓《ひいき》にしてくださる商家のご主人と、ちょっと飲んでいるのです。手前はあまり酒は飲めませんので、食べるほうばかりに忙しいのですが……」

実際、ほとんど酒を飲んでいないようで、歌麿はまったく酒臭くない。

「ところで朋誠堂さん――」

声を落として歌麿が呼びかけてきた。

「『文武二道万石通』のことですが、公儀からなにかいってまいりましたか」

文武二道万石通ではいろいろな人に同じことをきかれるな、と平格は思った。すぐにかぶりをふってみせる。

「いえ、それがしには、まだじかにはいってきておりませぬ。しかしながら、いずれなにかいってくるのはまちがいないでしょう」

実際に主君の義和は、松平定信から嫌みをいわれているのだ。寿平のようにいつ呼び出しがあるか、知れたものではない。

「本当にいってきたら、朋誠堂さんはどうされますか」

「それがしは、もうどうすべきか、決めております」

強い決意を胸に平格は歌麿にいった。

「えっ、さようですか」

瞠目《どうもく》した歌麿が、瞬《まばた》きのない目で平格を見つめる。

「朋誠堂さんは、どうされるおつもりですか。ああ、このようなことを手前のような者がうかがってもよろしいですか」

「もちろんかまいませぬ」

歌麿を見つめ返して平格は答えた。

「もし公儀からなにかいってきたら、それがしが筆を持つことはもう二度とないでしょう」

ええっ、と歌麿が絶句する。

「さ、さようですか。朋誠堂さんほどの才を、政が上から押し潰《つぶ》すというのですか……」

唇を嚙《か》んで歌麿が悔しそうにうつむく。すぐになにかを思い出したような顔になり、面を上げた。

「では、手前の恩人の恋川春町さんも同じでしょうか」

「寿平は、御老中首座の松平さまから呼び出しを受けたそうですよ」

ぎゅっと奥歯を噛み締めて平格はいった。寿平に対する不憫《ふびん》さと、松平定信への憎しみが同時に込み上げてくる。

「えっ、御老中から呼び出しですか」

歌麿が信じられないという顔をする。ごくりと喉仏《のどぼとけ》を上下させてから平格に問うてくる。

「それで、恋川春町さんは、御老中のもとに行かれたのですか」

「いえ、行っておりませぬ」

「恋川春町さんは、御老中の呼び出しに応じないおつもりでしょうか」

「歌麿さん、寿平はいったいどうすると思いますか」

寿平からはすでに、行かぬという気持ちを伝えられていたが、平格は逆に歌麿にきいた。

ほとんど思案することなく歌麿が口を開く。

「手前ならば、行きますよ」

迷いのない口調で歌麿が答えた。

「ほう」

「御老中と一対一で話ができる機会など、そうあるものではありませんから、手前としては是非とも会いたいですね。そのときに、今の政に対するおのれの気持ちを、御老中に思い切りぶつけたいですね」

そのことはきっと、と平格は思った。

――寿平も考えたはずだ。しかし、頑迷固陋《がんめいころう》としかいいようがない松平定信公に、今さらなにをいってもしようがないとあきらめたのではないか。それに、松平定信公に一対一で会って憤懣《ふんまん》をぶつけるような真似《まね》をすれば、さらに主家に迷惑をかけることになるとも思ったにちがいあるまい。

だから、寿平は老中の呼び出しを断ることにしたのだろう。

――しかし、権力を笠《かさ》に着た愚かな男ほど、始末の悪い者はないな。

「寿平は行かぬと思います」

「ああ、さようですか」

少し残念そうな顔で歌麿がいった。

「寿平には、主家がありますからね」

ああ、と歌麿が納得したような声を上げた。

「御老中に対して不平や不満をぶつけたりすることで、主家に迷惑をかけるわけにはいかないということですね」

「そういうことです」

「なんの縛りもない手前とは、お武家はちがうのですね」

「武家は窮屈《きゅうくつ》ですから」

「しかし、御老中のところへ行かない理由は、どうとでもなるでしょうね。病だといえば、いくら御老中といえども、無理強いはできないはずです」

「ええ、それがしもそう思っています」

廊下で熱心に立ち話をしている平格と歌麿を見て、何人かの客がいぶかしげに通り過ぎていく。

平格は歌麿に向かって軽く頭を下げた。

「では歌麿さん、それがしはこれで失礼します。いま寄合の最中でして……」

「ああ、それは失礼しました。長いことお引き留めしてしまい、まことに申し訳ありませんでした」

「いいえ、とんでもない。このようなところで思いもかけずに歌麿さんにお目にかかれて、とてもうれしかったですよ」

「はい、手前も同じ気持ちです」

本心から歌麿がいったように平格には感じられた。

「では歌麿さん、またお会いいたしましょう」

「はい、是非ともまたお目にかかりたく思っております。朋誠堂さん、どうか、お元気で。気を落とされないようにしてください」

「ええ、よくわかっております。歌麿さんも、がんばってくださいね」

「承知いたしました。絵は手前の命も同然ですから、死に物狂いでがんばる所存です」

決意のみなぎった顔で歌麿が顎を引いた。

「朋誠堂さん、これはまだ公にできないのですが、実は蔦屋さんから、今度は役者絵を描いてみませんか、といわれているのですよ」

「歌麿さんの役者絵ですか」

それはなんとも素晴らしい出来になるのではないか。そんな予感を平格は抱いた。

――歌麿さんに役者絵を描かせるとは、思ってもみなかったことだ。いや、誰一人として思いつかぬのではないか。さすが蔦屋重三郎さんだな。まさに慧眼《けいがん》としかいいようがない。

「歌麿さんが描く役者絵なら、一刻も早くこの目で見てみたいものですよ」

しかし、平格の思いとは裏腹に歌麿の顔は沈んでいる。

「歌麿さん、どうかされましたか」

「ああ、実は、どうすればよい役者絵が描けるか、このところずっと頭を悩ませているのですよ」

「ああ、歌麿さんにとって新しい試みですからね……」

――産みの苦しみというやつだな。

「ええ、新しいことをはじめるのですから、悩んで当然なのでしょうが……」

少し顔をしかめて歌麿が言葉を続ける。

「これまで手前も、役者絵を描いたことが一度もないわけではありません」

歌麿は喜多川一派なのだから、それは当たり前のことだろう。

「これまで通り、先達の真似をすれば楽に描けるのでしょうが、できればそれはしたくありません。絵というのは模倣からはじまるとはいうものの……。蔦屋さんも、先達を真似た絵など望んではいないでしょうし」

それはそうだろうな、と平格は思った。

「歌麿さんは、これまで誰も描いたことのないものを描きたいのですね」

「はい。これぞ歌麿だというものを描いてみたいのです。それを蔦屋さんも望んでいると思うのです」

「そうでしょうね」

歌麿のよく光る目を見て平格はいった。

「しかしそれがしは、絵は素人としかいいようがありませぬ。その道をもっぱらにしている歌麿さんに助言ができぬのが無念でなりませぬ」

「いえ、朋誠堂さん、どうか、お気遣いなく。悩むのも仕事のうちだと、蔦屋さんからいわれておりますし、手前も同じ気持ちですので」

「蔦屋さんがそんなことをおっしゃったのですか……」

「悩んでいるうちに、いずれこれだというのが必ず閃くはずですよ、ともおっしゃっていました」

「確かに、そういうものかもしれませぬ。とにかく、がんばってくださいとしか、それがしにはいえませぬ。申し訳ありませぬ」

「いえ、謝られるようなことではありません。朋誠堂さんのおっしゃる通り、手前はがんばりますよ」

力こぶを見せて歌麿がいった。ああ、と平格は声を上げた。

「一つだけそれがしの経験からいっておくと、蔦屋さんの期待を裏切らぬようになどと力んで考えぬほうが、逆によい結果が出るような気がします」

「なるほど。肩肘張《かたひじは》らず気楽にいったほうがよいのですね」

「気楽に考えているときのほうが、よい着想を得られることが多いような気がします」

「ああ、そういうものかもしれませんね」

うれしそうに歌麿が笑った。その笑顔を見て、平格の心は和んだ。

「朋誠堂さんのように長く活躍されているお方のお言葉は、実に重い。おっしゃる通りにいたします」

――ああ、なんと素直なお人なのか。

歌麿という男と二人でこうしてじっくりと話すのは初めてだったが、平格はその人柄に感じ入らざるを得なかった。

――こういう人は必ず伸びていくものだ。歌麿さんは、きっと大成しよう。

歌麿を見つめて、平格は確信した。

足早に廊下を遠ざかっていく朋誠堂喜三二を、その場に立ったまま歌麿は腕組みをして見送った。

——このようなところで朋誠堂さんと会えるなんて、今日はとてもよい日だな。

それにしても、と歌麿は軽く首をひねって思った。

——朋誠堂さんは、ずいぶんと思い詰めた顔をしていたな。

歌麿が声をかける前の朋誠堂の表情には、どこか鬼気迫るものが感じられるほどだった。

——朋誠堂さんは穏やかな口調で話されていたが、やはり今の政に腹が煮えてならないのではないかな。その気持ちが顔に出ていたのではないか……。

だが、政に腹を立てているだけではないようにも、歌麿は感じた。松平定信に激しい怒りを覚えているだけではなく、なにか度を超したようなことを考えているのではないか。歌麿はそんな気がしてならない。

ふむう、と厠に向かいつつ歌麿は小さく声を漏らした。

——まさか朋誠堂さんは、驚くべきことをしでかす気でいるのだろうか。

なにしろ朋誠堂喜三二という男は、剣の腕を見込まれて、久保田二十万石の佐竹家の剣術指南役の平沢家に、養子に迎え入れられたそうなのだ。

剣の腕は抜群だという噂を、歌麿は聞いている。その噂は、まずまちがっていないだろうと思う。朋誠堂喜三二の立ち居振る舞いを見れば、素晴らしい剣の腕を誇っているのは一目瞭然《いちもくりようぜん》である。

——その剣の腕をもって、朋誠堂さんが松平定信を殺すというようなことはないだろうか。

ありえんな、とすぐに歌麿は思った。

——そんなことをすれば、主家はまちがいなく取り潰しだろう。

朋誠堂喜三二という人は、なによりも忠義を重んずる人物のように見えた。筆を折るというのも、自分のことより主家のことを第一に考えたためだろう。

——そんな人が松平定信を斬るはずがない。

それに、いったいどうすれば、大勢の家臣に守られている老中首座を斬れるというのだ。

人と入れちがうようにして、歌麿は厠に入った。

——それに、今の俺は他人のことを考えている場合ではない。

歌麿は、どうすれば誰も描いたことのない役者絵を描けるのか、盛大に放尿《ほうにょう》しながら思案しはじめた。

三

ありがとうございました、という声に送られて蔦屋重三郎は火が入った提灯《ちょうちん》を手に歩き出そうとしたが、なにかいやな気配を嗅《か》いだように思い、すぐさま足を止めた。

——これはなんだろう。

どこか気持ちがざわつき、落ち着かない。波立っているような感じがある。

——どういうことだろう。つい先ほどまで、なにも感じていなかったというのに……。

どこからか誰かが見ているような気がしないでもない。

人というのは眼差しを感じ取れるものだと、前に朋誠堂喜三二がいっていた。

——だとすると、俺を見ている者がいるということか。いるとして、それはいったい何者なのか。そして、どこにいるのか……。

心中で首をひねった重三郎は提灯を掲げ、近くを見回してみた。

このあたりは日本橋の繁華街で、松平定信の贅沢を禁ずる政策が急速に行き渡りつつあるといっても、夜の四つを少し過ぎた今、店先に灯《とも》された明かりの群れはまだまだ華やかといってよい。

しかし、その明るさをもってしても、こちらに眼差しを注いでいるような者が本当にいるのか、重三郎にはわからなかった。

おびただしい明かりがあたりに灯されているといっても、路地などの暗がりも少なくないのだ。

――月成さんほどの剣の達人なら、眼差しの主がどんな暗がりにひそんでいようとも、きっと突き止めるにちがいないのだろうが……。

それでも重三郎は、しばらくのあいだ提灯を掲げ続けた。

――俺のような剣術の心得のない平々凡々とした男には、眼差しの主の居場所を探るのは無理だな。だいたい本当に眼差しを感じ取っているものなのか……。

胸に巣くうこの気持ち悪さは、ただの勘ちがいに過ぎないのかもしれない。

――心が波立っているのは、御老中首座の松平さまの政のことが、どうしても頭から離れないからかもしれん……。

あまり行きたくなかった寄合がようやく終わって、ほっとしたというのも、あるかもしれなかった。

「あの、蔦屋さん、どうされました」

なかなか歩き出そうとしない重三郎のことが気にかかったらしく、背後から料亭の宇多山《うだやま》の奉公人がきいてきた。

「ああ、いえ、なんでもないのですよ」

振り返って重三郎は店の者に告げた。まだ胸中の気持ち悪さは消えていないが、いつまでもこの場でぐずぐずしているわけにはいかない。

「では、これで失礼します」

重三郎は丁寧に腰を折った。

「蔦屋さん、まことに駕籠《かご》はいりませんか」

重三郎の身が案じられたのか、奉公人がさらに問うてきた。

「ええ、いりません。ここからうちの店まで遠くないですし、それに風に吹かれて歩いたほうが酔いも覚めましょう」

実際のところ、重三郎は大して飲んでいない。酒は好きだが、今日は酔っ払うほど飲みたいとは思わなかった。

寄合にいた他の者たちはまだ飲み足りないらしく、あとしばらく宇多山で飲んでいくといっていたが、重三郎はすでに十分過ぎるほどの酒量を腹に入れている。

「では、これで」

宇多山の奉公人に改めていって、重三郎は歩き出した。さほど風は強くないが、提灯が左右に揺れる。

――宇多山に残った者たちは、きっと俺の悪口で盛り上がるのだろうな。

今宵は版元たちの寄合だったのだ。あっという間に頭角をあらわし、版元の中でも群を抜く売上を誇る蔦屋は、他の版元の者たちから羨望《せんぼう》の目を向けられると同時に、疎《うと》まれているはずなのだ。

――いま行われている松平さまの政策は、蔦屋重三郎にこそばちを与えるものだと、他の版元の者たちは思っているのではないか。

松平定信の政のせいで、蔦屋の先行きはだいぶ暗いものになっている。なんとか打破しなければならん、と重三郎は考えているが、今のところ妙手は浮かんでいない。

いつしか先ほどの気持ち悪さが消えていることに気づいた。

――さっき感じたと思った眼差しは、やはり勘ちがいだったのだろうな。

少し心が軽くなった。そういえば、と重三郎は目の前で揺れる提灯の明かりを見つめつつ、思い出した。

――今宵、歌麿さんは今搦橋で、河口屋《かわぐちや》さんと飲んでいるのだったな。

河口屋というのは、歌麿がずっと若い頃からその才を認め、後援してくれている油問屋である。

四十八歳で年男の主人は良兵衛《よしべえ》といい、とても気がよく、温厚な人だ。重三郎自身、良兵衛には何度も一流といわれる料亭の宴席に招かれている。

去年から今年にかけて重三郎が出した歌麿の狂歌絵本三冊についても、良兵衛は絶賛した上で、得意先に配るのだといって大量に買い込んでくれた。

歌麿や重三郎にとって、まことにありがたく、得難い人物である。

――できれば、俺も今宵は今揚橋に行きたかったな……。行っていれば、少しは今の鬱屈《うっくつ》も晴れたかもしれない。

実際、良兵衛から誘いを受けていたのだ。しかし、今夜はすでに宇多山での先約があった。

松平定信が老中首座になって以降、出版の世界はいろいろと考えて動かざるを得なくなった。

どうすれば弾圧の波をうまくやり過ごすことができるか、今宵はその対策を考えるための寄合だった。

もっとも、公儀の弾圧の矛先はもっぱら蔦屋に向いている。なんといっても『文武二道万石通』及び『鸚鵡返文武二道』のような松平定信の今の政を風刺した作品を出版したのは、蔦屋を嚆矢《こうし》とするからだ。

政を風刺する書物について、今はまだ出版取締令は出ていないが、いずれ発布されるのはまちがいない。

恋川春町は、すでに松平定信から呼び出しを受けたと、このあいだ蔦屋に顔を見せたときにいっていた。病を理由にして、出頭するつもりはないとのことだった。

――そういえば、寿平さんはずいぶんと意気消沈していたな。身が案じられるぞ……。

恋川春町は主家に迷惑をかけたことを、ひどく気に病んでいたのだ。

――寿平さんが、つまらない真似をしなければよいが……。

まさか腹を切るようなことまではしないと思うが、武家というのは自分たち町人には信じられないことをあっさりとしてのける生き物である。

前に朋誠堂喜三二から聞いたことだが、他の大名家に使いに出た上屋敷の定府の侍が、目当ての相手に会えず、用件がしっかりと伝わらなかったことをしくじりと考えて、その場で切腹して果てたことがあるそうなのだ。

重三郎のような町人には、どうしてたったそれだけのことで一つしかない命を絶たなければならないのか、さっぱり理解できない。

だが、いつでも命を捨てるという気骨や覚悟を抱いて日常を過ごしているからこそ、侍たちの生き方には、すがすがしさや潔さというものが感じられるのだろう。

——だが、いくら主家に汚名を着せることになったからといって、寿平さんに命を捨ててほしくはないぞ。悪いのは、危ないとわかっていたのに欲に負けて政を風刺する読物を書かせた俺なのだからな。

朋誠堂喜三二のほうは、『文武二道万石通』について公儀からなんらかのつなぎがあったとは、まだいってきていない。だが、恋川春町と同じように、朋誠堂喜三二も松平定信にすぐにでも呼び出されるかもしれない。いや、もう呼び出しがかかったかもしれない。

——月成さんは、果たして松平さまに会いに行かれるだろうか。ふむ、寿平さんと同じように行かないかもしれんな。松平さまの顔を見るのすら、まっぴらごめんなのではないか。

朋誠堂喜三二の気性からして、主家に迷惑を及ぼしたことで、筆を折るかもしれない。

——いや、月成さんはまちがいなく断筆するだろう。月成さんと寿平さんには、まことに申し訳ないことをした。俺が政を風刺するような読物を書くようにそそのかさなければ、こんなことにはならなかった……。

『文武二道万石通』と『鸚鵡返文武二道』はともに江戸の町人たちに大いに受け容《い》れられてすさまじいまでの売れ行きを示し、印刷が間に合わないほどだった。だが、そのことで公儀に目をつけられることになってしまったのである。

――あのお二人だけではない。この身にも、松平定信公による災厄が降りかかってくるのではないか。

そのことも、まずまちがいない。いずれ公儀から、重三郎に対してなんらかの処罰が下されるのは避けようがないはずだ。

二冊の黄表紙が公儀の怒りを買うことになるかもしれないと予測し、二冊を売り出す前に重三郎は、あらかじめ取り締まる側の役人に少なくない額の賄賂《わいろ》を渡した。

果たして、その賄賂の効き目がどれだけあるものか。

――いや、もはや効き目など期待しないほうがよかろう。あの二冊はあまりに売れすぎた。そのために、老中首座まで知ることになってしまったのだから……。

老中首座の命による取り締まりを、下っ端の役人が阻止しようとしたところで、今さらなにもできやしないだろう。もしそんなことをしようとすれば、逆に役人が松平定信に目をつけられてしまうにちがいない。

――ふむ、賄賂は無駄に終わったか。

ならば、朋誠堂喜三二や恋川春町、そしておのれを救うための次の一手を、一刻も早く考えなければならない。

そうしなければ、公儀の弾圧の波をまともに受け、朋誠堂喜三二や恋川春町は、下手すれば主家から追放の身となるだろう。よくて謹慎ではないか。

心の持ちようがしっかりしている朋誠堂喜三二はともかく、磊落《らいらく》そうに見えて実は繊細なところがある恋川春町は、死を選ぶかもしれない。

――もし寿平さんが死んでしまったら、俺はどうすればよいのか……。いや、決して死なせはしない。

だが、今のところ、窮地から脱するためのこれぞという妙案は浮かんできていない。

――焦《じ》れったいぞ、蔦屋重三郎。

重三郎はおのれを叱《しか》りつけた。

――こういうときに妙手を打つことが、蔦屋重三郎という男の持ち味ではないか。

しかし、やはりなにも出てこない。

――こんなときになにも考えつかないとは、なんという役立たずか……。

あまりの情けなさに、くっ、と重三郎は奥歯を嚙み締めた。涙が出てきそうになる。

すぐに、はっとして面を上げた。

一陣の風が土埃《つちぼこり》を巻き上げて吹き寄せてきたのと同時に、正面から人影が音もなく近づいてきたのがわかったからだ。

——なんだ、これは。

脳裏をよぎったのは、宇多山を出た直後、感じたと思った眼差しのことだ。

——この人影は眼差しの主ではないか。

重三郎の持つ提灯の明かりを映じて、なにかがぎらりと光を帯びた。重三郎はそれをはっきりと見た。

——あっ、抜き身だ。

眼前に一瞬で近づいてきた人影が、死ねいっ、と小さく叫びざま、刀を振り下ろしてきた。ひゅん、と風を切る音が重三郎の耳に届く。

「うわっ」

考えてもいない不意打ちだったが、重三郎は悲鳴のような声を上げるや、咄嗟《とっさ》に提灯を人影にぶつけるように投げつけた。

ばさっ、と音がし、宙で提灯が両断された。その瞬間、重三郎は横に素早く動いて刀の間合を逃れた。すかさず道を走って逃げ出そうとしたが、すぐに足を止めることになった。

斬りかかってきた何者かが素早く回り込んできて、重三郎の行く手をふさぐように立ちはだかったからだ。重三郎を威嚇《いかく》するように刀を上段に構えている。

今にも刀を振り下ろしそうで、重三郎は腹が急に冷えていくのを感じた。

——しかし、なんという足さばきか……。

眼前で刀を上段に構えている者が、相当の武術の心得を持っているのは、まちがいない。

——人というのは鍛えれば、ここまでできるようになるのか。

武術の心得がまったくない重三郎は、ひたすら感嘆するしかない。刀で斬りかかられたのは人生で初めてのことではあったが、意外に冷静さを保っているのを知った。

——この男は、俺の命を狙《ねら》って斬りかかってきたのだよな……。

そのことがあまりに現実離れしていて、自分の身に本当に起きていることとは思えない。逆にそのことが、重三郎の身ごなしを普段以上に軽くしてくれたのかもしれない。

——でなければ、刀をよけることはできなかっただろう。

とにかく、重三郎は刺客と思える者の斬撃《ざんげき》をとりあえずかわした。

――こうして生きているのは奇跡に近いな。一撃目は提灯のおかげで避《さ》けられたが、二撃目は果たしてどうか……。

重三郎の命を救った提灯はきれいに真っ二つにされ、地面の上でいくつかの小さな炎をちろちろと吐き出している。

すぐに提灯は燃え尽き、重三郎が立っているあたりは、ふっと暗闇《くらやみ》に包み込まれた。それでも、まわりにまだ多くの灯火があるせいで、刀を構えている男の姿が薄ぼんやりとではあるものの、重三郎の目に映り込んでいる。

命を狙われたというのに、今のところ実感がなさすぎることもあるのか、不思議と恐怖はない。

二間ほど先に立つ者は、体つきからして男であるのは疑いようがない。頭巾《ずきん》をかぶっており、そこからのぞく二つの目だけが浮き上がったようにぎらぎらと光っている。まるで獣のような光り方だ。男は袴《はかま》を穿《は》いておらず、気楽な着流し姿である。

知っている者か、と重三郎は男をじっと見た。しかし、頭巾からのぞく瞳《ひとみ》に見覚えはまったくない。

――ふむ、この身なりからして、この男は浪人か。だが、なぜ浪人に俺が狙われなければならないのか。

重三郎には、さっぱりわけがわからない。命を狙われなければならないような心当たりは、一つもないのだ。

重三郎の腕や足の肌が、ぴりぴりと痛いほどになっている。

——なぜ痛いのか。

男の殺気のせいだろうか。男の放つ殺気が針のように、重三郎の肌を刺しているのではないか。

おそらくそういうことなのだろう、と重三郎は思った。

「金がほしいのか」

腰を落として重三郎はきいた。喉がひりつくように渇ききっており、声は少しかすれた。

しかし、浪人らしい男はなにもいわず、無言を保っている。

「金ならやるぞ」

武芸の心得はまったくなく、金でかたがつくのなら、重三郎にとってそのほうがありがたい。

「いらぬ」

くぐもった声で浪人がいった。

「俺にうらみでもあるのか」

「いや、別にない」

「なら、なぜ俺を殺そうとする」

「うるさい」

吐き捨てるようにいった浪人の影が、じりじりと大きくなってきているのに、重三郎は気づいた。

——間合を詰めてきているのだ。

そのことを知って、重三郎はどうしようもない焦燥感《しょうそうかん》に包まれた。

——このままでは本当に命を失うことになるぞ。

いつの間にか、もう一間半もないところまで浪人は近づいてきていた。

間合を取るために下がろうとしたが、重三郎の足はまったく動こうとしない。足が杭《くい》と化したように地面にがっちりとくっついて離れようとしないのだ。

——なぜ動かないのだ。

これは、いま起きていることが現実であると、心がついに受け容れたせいではないか。死を目前にして、強すぎるほどの恐怖が体をがんじがらめにしているにちがいない。

け。

——動け、動くのだ。死にたくはないだろう。おい、本当に斬られてしまうぞ。動け。

おのれに命じた重三郎は、無理に背後に下がろうとした。だが、やはり足は地面にぴたりと張りついたままだ。

上体だけが後ろに動いたせいで、重三郎はぺたりと尻餅《しりもち》をついてしまった。

——ああっ。

さすがにこれはまずい。いま重三郎は据物《すえもの》も同然になってしまっている。両手が土に触れていた。

「おぬしにうらみなどない」

告げるようにいって、浪人がさらに動いて一間ほどに迫ってきた。

「おい、今の俺の言葉が聞こえたか」

落ち着いた声音で、浪人が重三郎に語りかけてきた。獲物を手中にしたのを確信したらしく、二つの瞳には余裕の色らしいものが見えている。

「おい、覚悟はできたか。死んでもらうぞ」

こちらを見つめてくる二つの目が、狂気をはらんでいるように重三郎は思った。

——いや、そうではない。声音からして、この男はむしろ平静だ。どうやら、死に行く俺を観察しているようにすら思える。この男は、気が触れているわけではなさそうだ。

目に狂気のような光を宿しているのは、人が人を殺す際、こんな目つきになるのは当たり前のことなのではないか。

――もし俺が人を殺すことになったら、やはり同じような目になるにちがいあるまい。

次の瞬間にも命を絶たれるかもしれないという絶体絶命のときだったが、重三郎は冷静にそんなことを考えた。

――この浪人とおぼしき男は、これまで人を殺したことがないのではないか。殺しに慣れていないのなら、きっと隙《すき》を見せるはずだ。逃げ出す機会は、まだあるにちがいない。

地べたにほとんど座り込みながらも、重三郎はわずかな希望を胸に抱いた。もっとも、この場で死ぬ気など、端《はな》からなかった。

刀尖《とうせん》を前に突き出して、さらに浪人が近づいてきた。すでに重三郎との距離は半間ほどに縮まっている。

――最初に斬りかかってきたとき、この浪人は死ねいっ、と叫んだが、そのときはきっと無我夢中だったのだろう。

しかし、と重三郎は考えた。

——先ほど俺に、うらみなどない、と語りかけてきた。それは、きっと気持ちに冷静さが戻ってきたからではないか。

うらみのない者をあの世に送るのに、なにもいわずにはいられないということか。

もしかすると、と重三郎はさらに思案した。

——この浪人には、俺を殺すことにためらいが出てきているのではないのか。

これは、甘すぎるだろうか。だが、もしこの浪人が殺しに慣れている者だとしたら、有無をいわさず重三郎を斬り殺したはずである。

それができなかったということは、少なくとも殺しをもっぱらにしている者ではないということだろう。

「覚悟せい」

低い声で浪人が重三郎に告げてきた。

「おまえ、本当に金目当てではないのか」

歯を食いしばって重三郎はたずねた。

「別に、おぬしの金はほしくない」

「では、ほかの誰かから金をもらうことになっているのか。つまり俺を殺すよう、誰かに頼まれたのか」

「さて、どうだろうかな」

地面に座ったままの重三郎を見つめて、浪人が軽く首をひねった。

「やはり、頼まれて俺を殺しに来たのだな」

わずかに後ずさりながら、重三郎は決めつけるようにいった。

「そうでなければ、今の俺の問いに、ちがうとはっきり口にしたはずだからな」

その言葉を聞いて、ふふん、と頭巾の中で浪人が鼻を鳴らすようにして笑った。

「仮に俺が頼まれたにしても、死に行くおぬしには、どうということもあるまい。あの世に行けば、どういうことか、きっとわかるであろうよ」

いうやいなや、浪人が刀を頭上まで振り上げた。そのとき、なにか甘いようなにおいを重三郎は嗅ぎ取った。

——なんだ、これは。

ぎらりとした光を再び帯びた刀身を見つめながら、重三郎は頭を巡らせた。

——これは、薬湯のにおいではないか。

これまで嗅いだことのないにおいだが、まちがいない、と重三郎は確信した。薬湯らしいにおいは、浪人の着物に染みついているようだ。

――この浪人は、なにか薬を飲んでいるのか。患っているのか。

「おい、おまえ、なんの病だ」

男を見上げて重三郎は叫ぶようにいった。

「なんだと」

振り下ろそうとしていた刀を止め、浪人がいぶかしげに重三郎を見る。

「おまえ、病にかかっているのだろう。なんの病だ。いってみろ」

ふん、と浪人がまた鼻を鳴らした。

「それも、あの世で知ることだな」

重みのある声が、重三郎の耳を打った。

「死ねいっ」

吼《ほ》えるようにいうや、浪人が一気に刀を振り下ろしてきた。

――これは死ぬな。

今度の斬撃は、到底よけられそうにない。重三郎は覚悟を決めかけた。

だが、浪人の刀をかわすように体が勝手に動いていた。腕の力だけで、横に跳ね飛んだのである。

浪人にとって思いがけない動きだったらしく、頭巾から、あっ、という声が漏れた。

浪人の刀が地面を打ちそうになったが、すぐに反転し、重三郎を追いかけてきた。

そのときには重三郎は立ち上がっていたが、横に払われた斬撃は思った以上に鋭い伸びを見せた。今度は重三郎が、あっ、と声を上げる番だった。

浪人の刀が、重三郎の着物に届いた。ぴっ、と着物が切れる音がし、なにかが右側のあばら骨にぶつかったような強い衝撃を、重三郎は覚えた。うっ、と息が詰まり、それと同時に足の動きがひどく鈍くなったのが知れた。

——俺は斬られたのか。

今のところ右脇腹に痛みはないが、足がほとんど動こうとしないのは、そういうことなのではないか。

今は気持ちが張っているから痛みがないだけで、いずれ、ずきずきとこらえきれないほど痛んできそうな気もする。

——動け、動くのだ。

もしこの場でじっとしていれば、ここで本当に死ぬことになる。

しかし、まるで鉛でも貼《は》りつけられたかのように足全体が重い。

とどめを刺すつもりか、刀を引き戻した浪人がさらなる斬撃を繰り出そうとしていた。

頭巾の中で、浪人が舌なめずりをしたように思えた。ついに重三郎を殺せると、確信したような瞳をしている。

完全に死地に足を踏み入れたことを、重三郎は知った。

——いや、俺はまだあきらめんぞ。

重三郎は右手にぎゅっと力を込めた。手にはまだ力が入った。

「死ねいっ」

刀を振り上げた浪人が、袈裟懸《けさが》けに振り下ろしてきた。その一瞬前に、重三郎は右手を振り、手につかんでいた土くれを浪人に向かって投げつけた。手だけは、まだしっかりと動いてくれた。

土くれは、狙い通り、浪人の頭巾にばしっと音を立てて当たった。土のかけらが目に入ったか、浪人がむうっ、とうなり声を発して下を向いた。

その隙に重三郎は再び逃げ出そうとした。だが、足の重さは相変わらずで、それが全身に及んでこようとしていた。

——駄目か、動けん。

右の脇腹が痛みはじめた。傷が深いのかわからないが、そこから力がどんどんと抜けていくような気がする。

手を伸ばし、重三郎は右脇腹に触れた。血が出ているようで、べったりと手についたのが見ずともわかった。

ひどい出血である。

――まずい、俺はここで本当に死ぬかもしれん。いま浪人に斬りかかられたら、仕留められてしまうぞ。

まさか今日が命日になるとはな、と重三郎は思った。いつものように夜明け前に起きたときには、そんなことはこれっぽっちも思わなかった。

しかしながら、いつまでたっても浪人は斬りかかってこなかった。

傷口を手で押さえつつ重三郎が見やると、浪人は腰を折っていた。咳《せき》をしているようだ。

今にも血を吐きそうな激しい咳で、相当苦しそうだ。

――土くれが口に入ったのか。

いや、頭巾をしているから、そんなことはまずないはずだ。それに、土が口に入ったくらいでは、ここまで激しい咳にはならないだろう。

――この咳は、持病のせいなのではないか。

肺の臓が悪いのかもしれない。とにかく、これは重三郎にとって僥倖《ぎょうこう》である。浪人の咳が終わらないうちに、この場を離れたほうがよい。

——だが、果たして動けるか。

重三郎は自らに問うてみた。

——いや、今は動くしかないのだ。それしか助かる道はない。動けっ。

自分に気合をかけた。わずかだが、足に力が戻ったのが知れた。

その直後、重三郎は足を踏み出すことができた。

——よし、いいぞ。

最初に一歩、足が出てしまえば、あとは勢いで進めばよかった。さほど難儀することなく、重三郎は道を歩きはじめた。

「ま、待て」

相変わらず激しい咳をしつつ、浪人が必死に追いすがってくる。

重三郎はよろよろと広い通りを横切り、暖簾《のれん》はしまわれているが、まだ中の明かりがついている飲み屋らしい店の障子戸に、必死にたどり着いた。

「助けてください」

重三郎は障子戸を開けようとしたが、まったく力が入らない。

「なんだ、いったい」

だみ声が聞こえ、重三郎がしがみついた障子戸が重たげに横に動きはじめた。重三郎は障子戸から手を放した。

「なんだ、あんた」

頭上からだみ声が降ってきた。

「助けてください」

「怪我《けが》をしてるのか」

「は、はい。斬られました」

「なんだって」

だみ声の持ち主が、目の前の通りを見やったのが重三郎にはわかった。

「誰に斬られたんだ」

「知らない浪人です」

「そんなのは、どこにもいないな」

それを聞いて重三郎は胸をなで下ろした。おそらく障子戸が開いたのを見て、浪人はあきらめて去ったのだろう。それとも、まだ咳がとまらないままだったか。

「人に斬られるなんて、あんた、誰だい」

「手前は蔦屋重三郎といいます」

「なんだって」

だみ声の持ち主が頓狂《とんきょう》な声を上げた。

「本当かい。『文武二道万石通』や『鸚鵡返文武二道』を出した蔦屋さんかい」

「さようです」

「ええ、そうなのか。本物かい」

「本物です」

だみ声の持ち主が重三郎をじっと見た。

「ああ、本当に本物だ。わしは、風を切るように颯爽《さっそう》と通りを歩くおまえさんを何度か見かけているからな」

「さ、さようですか」

「わしは蔦屋さんが出す書物はよく読んでいるんだ。特に最近出た『文武二道万石通』と『鸚鵡返文武二道』はおもしろかったなあ」

「ありがとうございます」

「ああ、わかったよ。蔦屋さん、ちょっと中に入りな。――ああ、その怪我じゃ一人で動くのは無理か。よし、わしが中に入れてやろうかな」

だみ声の持ち主が重三郎を酒臭い店内に入れ、小上がりに寝かせてくれた。ああ、と我知らず嘆声が出るほど、体が楽になった。

「蔦屋さん、大丈夫か」

だみ声の持ち主が、重三郎の顔をのぞき込んできた。

「いえ、あまり大丈夫ではありません」

「そうだろうな。出血がひどい……」

「あの、あなたはここの店主ですか」

声を振り絞るように重三郎はきいた。

「ああ、そうだ」

「助けてくださり、まことにありがとうございます」

「いや、まだ助けたとはいえねえな」

言葉を切った店主が奥に向かって声を放つ。

「おい、かかあ。ちょっと来てくれ」

はいはい、とすぐに明るい女の声が聞こえ、軽い感じの足音が近づいてきた。

「あら、怪我人なの」

重三郎を見て、少しくたびれた感じの女がいった。

「蔦屋重三郎さんだ」

それを聞いて女が目をみはる。

「ええっ、この近くの版元の蔦屋さんなの。蔦屋さん、いったいどうしたの」

「何者とも知らねえ浪人に斬られたらしい」

女が悲鳴のような声を上げた。

「ええっ、斬られたですって」

「かかあ、今から庵貫《あんかん》先生の診療所にひとっ走り、行ってきてくれ」

「うん、わかった。先生を呼んでくればいいんだね」

こくりとうなずいて、女が店主にきく。

「そうだ。あの先生は本道のほうは藪《やぶ》だが、傷の手当についちゃあ、なかなか腕がいいからな」

「わかった。じゃあ、行ってくるよ」

「頼む。わしはそのあいだ、蔦屋さんの止血をしておくからな」

「わかったよ」

再び障子戸が開き、女房らしい女が外に出たのを、薄れゆく意識の中で重三郎は知った。

「蔦屋さん、じき医者が来るから、それまでがんばってくれよ」

店主の励ましの声は、重三郎にとってまるで子守唄《こもりうた》のように耳に届いた。

強烈な眠気に襲われた重三郎は、ついに我慢できずに目をつむった。重三郎の頬を叩きながら店主がなにかいっているのがわかったが、聞き取れなかった。

重三郎は、暗黒への坂をあっという間に転がりはじめた。

第三章

一

昨夜の帰りは一昨日《おととい》ほど遅くなかったせいか、今朝の目覚めはすっきりしていた。

――ああ、よく寝たな。

ぱちりと目を開けた平格は、よっこらしょといって寝床の上に起き上がった。ぐっすり眠ったおかげで、体は重くない。むしろ軽いくらいだ。

――やはり眠りというのは、人にとって大切なものなのだな。

そのことを平格は実感した。

――いつもいつも、今日と同じような深い眠りができればよいのだが……。

しかし歳《とし》を取ると、眠りが浅い日がほとんどである。今日のような深い眠りなど、滅多に味わえるものではない。

――満ち足りた眠りをとると、松平定信公のこともさして気にならなくなるな。

老中首座に対して腹が立ってならなかったのは、睡眠がうまくとれていなかったということもあるのではないか、と平格は思った。

――いや、そんなことはないな……。

心中ですぐさま否定した。松平定信を殺したいほどに腹が煮えてならぬのは、どんなに深い睡眠をとろうと、変わらぬ事実なのだ。

はわぁ、と平格は座したまま大きく伸びをした。

寝所の中はまだ暗いが、外はすでに明るくなりつつあるようで、小鳥たちの楽しげなさえずりが聞こえてくる。

両手を下ろした平格は、ふと自らの顎《あご》に触れた。ひげがだいぶ伸びてきている。

――ひげだけは若い頃《ころ》と変わらず、伸びるのが早いな。今日も、清江に剃《そ》ってもらわなければならぬ……。

隣の寝床はいつものように空になっている。

――ふむ、清江は今朝もとうに起き出したのだな……。

台所のほうから、まな板を叩《たた》く軽快な音が届く。

――そういえば、うちの母上も起きるのが早かったな。母親というのは、まことに大したものだ……。

平格の母はすでに鬼籍に入っているが、ときおり夢に出てきて、ゆったりとした笑みを浮かべて優しく語りかけてくる。

そのたびに平格は、母上は生きていらしたのですね、と驚いてきくのが常になっている。それがしは、母上が亡くなってしまったと、どういうわけか勘ちがいしておりました。

夢から覚めると、母がとっくにあの世に行っていることを、平格は当たり前のように思い出すのである。

――夢とはまったく不思議なものよ。いま夢を見ているのがはっきりわかることもあれば、うつつだと勘ちがいすることもあるし……。

不意に、廊下を渡る音が聞こえてきた。それが寝所の前で止まる。

腰高障子《こしだかしょうじ》に人影が映り込み、それが下に縮んだ。その場に端座したようだ。

「父上――」

腰高障子越しに声をかけてきたのは、せがれの為八である。

「為八か」

はい、と快活な声がし、するすると腰高障子が横に動いた。為八が顔を見せる。

「おはようございます。もう起きていらっしゃいましたか」

「ああ、今朝は目覚めがよくてな」

「それはようございました」

為八がにこにこと笑んだ。今朝もいつもと同じように、顔はつやつやとしている。

──若さというのは、やはり素晴らしいものだな。為八は疲れなど、微塵《みじん》も感じていそうにない。

しかし若さの素晴らしさや貴重さは、年老いてからよくわかることだ。若い頃は若さ自体を持て余すことが多い。

少なくとも、平格はそうだった。為八も同じだろうか。

──それにしても、精悍《せいかん》そうな顔つきを見る限り、為八はずいぶんしっかりとしてきたな。やはり俺はとっとと隠居し、家督《かとく》を譲るべきだろうか。

せがれの顔を見ながら、平格はそんなことを考えた。

「父上、朝餉《あさげ》ができたそうです」

平格を見つめて為八が声をかけてきた。

「うむ、わかった」

起き抜けで腹が空《す》いている感じはないが、食べはじめれば、どうせまたいつものように箸《はし》はせっせと進むにちがいない。

「厠《かわや》に行ってからまいるゆえ、清江にそう伝えてくれ」

「承知いたしました」

身軽に立ち上がった為八が、廊下を歩き出す。寝所を出た平格は厠に向かった。用を足し、手水場《ちょうずば》で手と顔を丹念に洗った。気持ちがさっぱりとした平格は足早に廊下を歩き、居間に入った。

「おはよう」

鍋《なべ》から椀《わん》に味噌《みそ》汁《しる》をよそっている清江に、平格は声を投げた。

「おはようございます」

膳《ぜん》の上に椀を置いた清江が、平格に笑みを向けてくる。

――相変わらず、よい笑顔だな。

清江はいい歳の取り方をしている、と平格は思っている。美しく老いつつあると、

その笑顔を見るたびに感じるのだ。

平格は膳の前に座した。献立は納豆にわかめの味噌汁、たくあん、梅干しというも

のだ。

――これは、またうまそうだな。

案の定というべきか、食事を前にしたら急に腹が空いてきた。

――相変わらず現金な腹だ。

「あなたさま、どうぞ、召し上がってくださいませ」

うむ、と平格は清江にうなずいてみせ、いただきます、と両手を合わせた。まず納豆に塩を振ってから箸を取り、納豆をかき回して飯の上にのせた。

平格は箸を使って、飯と納豆を一気にかき込んだ。納豆の風味が口中に広がり、つくづくと幸せを感じた。

——ああ、うまいなあ……。

はしたないかと思いつつ、平格は若者のようにがつがつと飯を食べた。あっという間に茶碗《ちゃわん》の飯が空になり、清江からおかわりをもらった。

二杯目は、たくあんと梅干しをおかずに食べた。味噌汁を味わって飲む。

味噌汁もうまいなあ、と思いながら平格は二杯目の茶碗も空にした。最後に、清江が淹《い》れてくれた茶を飲み干す。

「ああ、おいしかった」

心の底から平格はいった。すっかり満足して、湯飲みを膳の上に置く。

「ごちそうさま」

感謝の念を込めて、平格は清江に軽く頭を下げた。

「お粗末さまでした」

謙遜《けんそん》して清江がいう。

「粗末だなんてとんでもないぞ。今朝も素晴らしい朝餉だった」

世辞ではなく本心から平格はいった。

「なあ、為八」

平格はせがれに同意を求めた。すでに為八も朝餉を食べ終わっている。平格と清江を見て、深くうなずいた。

「はい、父上のおっしゃる通りです。母上、今朝もとてもおいしかったです。こんなにおいしい食事をいつもつくってくださる母上に、それがしは心から感謝いたします」

なんともよいことをいうな、と平格は感心し、為八をしみじみと見た。

「為八、お茶をお飲みなさい」

清江に勧められ、ありがとうございます、といって為八が湯飲みを手にして茶を喫《きっ》する。目を細めてうまそうに飲んでいる姿が、平格にはかわいくてならなかった。

改めて、ごちそうさま、といってから平格は立ち上がり、寝所に戻った。

清江がついてきて出仕のための着替えの手伝いをし、さらに縁側で、ひげと月代《さかやき》を手際よく剃りはじめた。

「清江、かたじけない」

月代を剃ってもらいながら、平格は清江に礼をいった。

「いえ、なんでもないことですよ」

清江がにこにこと笑んだ。今のうちに隠居のことを清江にいっておくとするか、と平格は思った。

「一つそなたにいっておくことがある」

「はい、なんでしょう」

ひげを剃りながら清江がきいてきた。

「出仕前にそなたにひげと月代を剃ってもらうことも、もうそんなにないかもしれぬ」

えっ、と清江が声を漏らし、平格の顔をまじまじとのぞき込んでくる。

「では、あなたさま、隠居をされるのでございますか」

うむ、と平格は顎を引いた。

「『文武二道万石通』では、いろいろとあったしな。殿にも、ご心配をおかけした。そろそろ潮時かもしれぬ……」

身じろぎせずに清江はじっと平格を見ていたが、やがて首を縦に動かした。

「はい、よくわかりました。これまでお疲れさまでございました。それであなたさま、そのことを、もう為八に話されましたか」

「いや、まだだ」

清江を見返して平格はかぶりを振った。

「隠居のことは、まずそなたに話そうと思っておった。為八には、いずれ近いうちに伝えようと思っている。為八も成長し、人としてだいぶしっかりしてきた。もう家督を譲っても大丈夫だろう」

「はい、あなたさまのおっしゃる通りでございましょう。あの子は、いかにも大人らしい顔つきになってまいりました。それだけでなく物腰も武家らしくなっております」

居住まいを正し、清江が平格を見つめる。

「それであなたさま、いつ隠居されるおつもりなのですか」

首をかしげて平格は少し思案した。

「すぐに、というのはさすがに無理だな。いろいろと引き継ぎもあるし……。この一月以内にはなんとかしようと思っている。そなたも心しておいてくれ」

「わかりました」

昨日、殿の義和から、これからもこれまで同様、余に仕え続けるように、といわれたのを平格は思い出した。

——隠居は、殿のお言葉に逆らうことになるのだろうか。いや、隠居したからといって、俺の殿に対する忠誠心に変わりはない。殿のためにいつでも命を捨てる覚悟はできているし、佐竹家中の者でいる限り、殿に仕え続けることになるのではないか。隠居というのは、単にお役目がなくなるということに過ぎぬ……。

その後、ひげと月代を剃り上げてもらった平格は為八と一緒に玄関に行った。すでに中間《ちゅうげん》の忠吉がやってきていた。忠吉は佐竹家の上屋敷の中間長屋に住んでいる。平格の出仕の刻限に必ず玄関前に来ているのが常である。

忠吉の顔を見た途端、十一年前、大川で溺《おぼ》れた忠吉を海豚《いるか》が救ってくれたことを平格はまた思い出した。

忠吉と挨拶《あいさつ》をかわして、平格は同じ上屋敷内にある殿舎を目指した。すぐに殿舎の大玄関に着いたが、隠居のことについては為八になにもいわなかった。

「今日は出かけることはないと思うが、忠吉、いつものようにここで待っていてくれるか」

「承知いたしました」

丁寧に忠吉が辞儀する。

「では、行ってまいる」

「行ってらっしゃいませ」

平格は為八と二人で殿舎に入り、廊下を進んで留守居役の詰所に足を踏み入れた。すでに留守居役のほとんどが出仕してきていた。

朝の挨拶をかわして、平格は自分の文机《ふづくえ》の前に座した。長年、使い続けてきた文机だが、これもじきに見納めになるのかと思うと、寂《さび》しい気がした。

しかし、いつまでも感傷に浸《ひた》っているわけにはいかない。

——さて、仕事に取りかかるとするか。

背筋を伸ばして、平格が書類仕事をはじめようとしたとき、茶坊主の雄結が板戸を開け、詰所に入ってきたのが見えた。

雄結は留守居役の詰所づきの茶坊主で、平格たちのために、いろいろと雑用をこなしてくれる。

平格は、いつも雄結のことをありがたく思っている。思っているだけでなく、盆暮れには必ず心付けを渡してきた。

そのためということもあるまいが、雄結も平格には丁重に接してくれている。

雄結は平格をじっと見て、こちらにまっすぐ進んでくる。

──またしても俺に用事なのか……。

「平沢さま──」

すぐそばまでやってきて、雄結が穏やかな声で呼びかけてきた。

「はい、なんでしょう」

座ったまま平格は雄結を見上げた。

「お客人です」

「えっ、それがしに……」

こんなに早くから客が来るというのは、平格にとって意外なことでしかない。こんなことは滅多にあることではない。

「輝養堂《きようどう》という診療所から御使者がまいっております」

「きようどう……」

「こういう字を当てるようです」

雄結が平格に漢字を伝えてきた。

「ほう、輝養堂ですか……」

平格には、その名にまったく心当たりがなかった。

「その輝養堂という診療所から、それがしに使者が来ているのですね。どんな用件か、その使者はいいましたか」

「いえ、御使者はおっしゃっておりません。平沢さまにお目にかかりたいとおっしゃっているだけです」

「さようですか。その使者は、今どちらにいるのですか」

「玄関のほうにいらっしゃいます」

わかりました、といって立ち上がった平格は、まず留守居役頭取の持田秋右衛門の前に行き、客人が来たようですので会ってまいります、と告げた。

「ほう、こんなに早くに客人なのか。平沢、どなたが見えた」

やや不審そうに秋右衛門がきいてきた。平格は、秋右衛門に委細を告げた。

「ほう、輝養堂という診療所から使者が来たのか。診療所からとは、また穏やかではないな。用件は」

「それが、まだわかっておりませぬ」

ふむ、と秋右衛門が声を漏らした。

「誰《だれ》かおぬしの知り合いが、その診療所の世話になっているのかもしれぬな」

そのことは平格も考えた。だがそうだとして、いったい誰が医者の世話になったというのか。

——まさか寿平ではあるまい。

「平沢、急ぎその使者に会ってまいれ」

秋右衛門が許しをくれた。

「では、行ってまいります」

詰所の外に出ようとして、平格は為八と目が合った。為八は、どこか案ずるような瞳《ひとみ》で平格を見ている。

なになんでもないのだ、というように笑みを浮かべて為八にうなずきかけ、平格は詰所を出た。

廊下に雄結が立っていた。

「拙僧がご案内いたします」

「ああ、それは畏《おそ》れ入ります」

素直に平格は礼を述べた。雄結とともに廊下を歩きはじめる。

「御使者は、あちらにいらっしゃいます」

殿舎の大玄関にやってきたとき、雄結が平格に手で指し示した。

大玄関の横には脇《わき》玄関がついており、そちら側の外に一人の若い男が立っていた。

――ふむ、あれが輝養堂という診療所の使者か。

やはり見覚えのある男ではない。

「忠吉」

式台から平格は、外にいるはずの中間を呼んだ。はっ、という応《いら》えが聞こえ、その直後、忠吉が姿を見せた。

「雪駄《せった》を頼む」

「はい」

大玄関の外から忠吉が雪駄を投げてきた。平格の前でぴたりとそろう。

さすがだな、と感心しつつ平格は雪駄を履いて、外に出た。

輝養堂の使者は二十代半ばというところか。為八より少し上だろう。診療所の使いらしく、作務衣《さむえ》を着ている。

どうやら診療所の助手のようだな、と平格は当たりをつけた。

「では平沢さま、拙僧はこれで戻ります」

後ろから雄結が声をかけてきた。平格は素早く振り向いた。

「雄結どの、ありがとうございました」

腰を折って平格は、式台に立っている雄結に礼をいった。

「いえ、平沢さま、なんでもないことでございますよ。では、これで失礼いたします」

一礼して雄結が廊下を戻っていく。

「それがしが平沢です」

男に向き直った平格は、丁重に名乗った。

――ふむ、やはり見覚えはないな。初めて会う人だ。

歳を取ったせいで耄碌《もうろく》し、目の前の男のことを忘れてしまったわけではない。

若い男が名乗り返してきた。

「手前は伊知造《いちぞう》と申します。輝養堂で庵貫先生の助手をしております」

庵貫というのが輝養堂の医者のようだが、その名にも平格は心当たりがなかった。

「それで、伊知造さん、それがしにどんな御用でしょう」

すぐに平格はたずねた。

「はい。――実は、蔦屋重三郎さんが襲われて怪我《けが》をされたのです。それをお知らせにまいりました」

「ええっ、なんですって」

伊知造の言葉に、平格は仰天した。そばにいる忠吉もびっくりしている。

「蔦屋さんが襲われたですって。それは、まことですか」

「はい、まことのことです」

冷静な口調で伊知造が答えた。

「怪我をされたとのことですが、蔦屋さんはご無事なのですか」

最も知りたいことを平格はきいた。

「はい、幸いにして軽傷です」

「では、命に別状はないのですね」

念を押すように平格はいった。

「はい、別状ありません」

それを聞いて平格は胸をなで下ろした。忠吉もほっとしている。

軽く咳払《せきばら》いしてから平格は伊知造に問うた。

「蔦屋さんが襲われたのはいつのことです」

「昨晩のことです。なんでも、版元同士の寄合《よりあい》の帰りに襲われたようです……」

蔦屋さんも昨日、寄合があったのか、と平格は思った。蔦屋がある日本橋のあたりだろうか。

日本橋は江戸で最も盛っているといっても、夜ともなれば、人通りが少なく、ひどく暗い場所が少なくない。そういうところで、重三郎は襲われたのだろうか。

「下手人は」

「蔦屋さんによると頭巾《ずきん》の浪人とのことです」

「その頭巾の浪人は、捕まったのですか」

いえ、といって伊知造が首を横に振った。

「まだ捕まっておりません」

「さようですか」

眉根《まゆね》にしわが寄ったのを平格は悟った。

「町奉行所には」

「はい、昨夜のうちに、知り合いの同心に知らせました」

「では、もうその同心は探索にかかっているのでしょうね」

「ええ、朝一番に蔦屋さんに事情をききに見えましたよ」

「いま蔦屋さんはどうされているのです」

新たな問いを平格は放った。

「輝養堂で静養されています。うちの先生の話では、三日ばかりゆっくり休めば、これまで通りの暮らしに戻れるはずとのことです」

「三日ばかりで……」

――本当に大した怪我ではなかったのだな。

よかった、と平格は心から思った。

「ですので、三日のあいだ、うちの先生がじっくりと蔦屋さんの治療に当たることになるでしょう」

蔦屋さんはとにかく忙しい身だからな、と平格は考えた。これは、むしろよい息抜きになるのではないか。

「下手人である頭巾の浪人は、蔦屋さんの知っている者なのですか」

「頭巾のせいで顔はわからなかったそうですが、蔦屋さんは、自分の見も知らぬ者ではないか、とおっしゃっています」

「頭巾の浪人が蔦屋さんを襲ったのは、金目当てですか」

「それが、どうもちがうようなのです」

「というと」

関心を引かれ、平格は間髪容《かんはつい》れずに問うた。

「頭巾の浪人は手前の命を取ることを目的にしていたようです、と蔦屋さんはおっしゃっているのです」

「頭巾の浪人は、端《はな》から蔦屋さんを亡き者にしようとしていたのですか」

むう、と平格はうなった。

――これは、容易ならぬぞ。

放《ほう》っておけぬ、と平格は思った。

――すぐに蔦屋さんに会わねばならぬ。

いくら重三郎の命に別状はないことがわかったといっても、はい、わかりました、お大事にどうぞ、とここで伊知造と別れ、仕事に戻るわけにはいかない。

じっと平格を見て、伊知造が口を開く。

「それで、手前がこちらにまいったのは、蔦屋さんから、平沢さまを呼んできてほしいといわれたからです」

「えっ、蔦屋さんがそれがしを呼んでいるのですか……」

それは思ってもみなかった。はい、と伊知造がうなずいた。

「どんな御用なのか、蔦屋さんはおっしゃいませんでしたが……」

わかりました、と平格はいった。

「伊知造さん、申し訳ないが、ちょっとここで待っていてもらえますか」

すぐさま平格は申し出た。

「いま上役に他出の許しをもらってきます。許しが出たら、輝養堂にそれがしを連れていってください」

「お安い御用です」

明るい声音で伊知造が答えた。

「では、行ってまいります」

伊知造に断った平格は忠吉にうなずきかけてから大玄関に入り、雪駄を脱いだ。廊下を足早に進む。

留守居役の詰所の板戸を開け、平格は上役の秋右衛門のもとへまっすぐに向かった。

「診療所の使いはなんの用事であった」

書類から顔を上げて、秋右衛門が平格にきいてきた。はっ、とかしこまって平格は詳細を語った。

「なんだと」

厳しい顔になった秋右衛門が、厳しい光をたたえた目を平格に据える。

「蔦屋が襲われただと……。命に別状がないのは不幸中の幸いだが、それは心配だな。その頭巾の浪人は金目当てで蔦屋を襲ったのか」

きかれて平格はかぶりを振った。

「それが、そうではないらしいのです」

「では、うらみか」

「うらみかもしれませぬが、まだはっきりとはわかっておらぬようです」

ふむ、と鼻を鳴らすように秋右衛門がいい、自らの顎をなでた。

「蔦屋は、いま公儀に目をつけられておるな。浪人といえども、権力にすり寄る輩《やから》もおろう。公儀に逆らう不届き者ということで、天誅《てんちゅう》という意味を込めて、その浪人は蔦屋を襲ったのかもしれぬな……」

天誅か、と平格は思った。

――確かに、公儀に迎合するような者は浪人にもいるだろうな……。

「つまり平沢――」

ぎろりと目を回し、秋右衛門が平格を見つめてきた。

「同じ意味で、おぬしも危ないかもしれぬぞ」

『文武二道万石通』を著し、公儀を批判したのはまちがいない。町人や浪人でも、公儀のことを賛美する者は、意外に少なくないのである。それに、そういう者は度を超して激しい真似《まね》をすることが多々あるのだ。

「確かに、頭取のおっしゃる通りです」

平沢、と秋右衛門が呼びかけてきた。

「診療所の使者は、もう帰ったのか」

「いえ、外で待ってもらっています」

「おぬし、その輝養堂とかいう診療所に行きたいのだな」

はっ、と答えて平格は再びかしこまった。

「そのお許しをいただきたく、それがし、まかり越しました」

そうか、と秋右衛門がいった。

「蔦屋は、おぬしの、というより朋誠堂喜三二の無二の恩人というべき男だ。いくら命に別状がないといっても、放っておくわけにはいかぬ」

その通りでございます、と平格は声を大にしていいたかった。

「よし、平沢、行ってまいれ」

「持田さま、かたじけなく存じます」

「平沢、急いで帰ってこずともよいぞ。おぬしの跡取りの為八もおるしな……」

秋右衛門が年若い為八のことを認めていることがわかり、平格はうれしかった。だが同時に、自分がもはや必要ないといわれたようにも感じ、一抹《いちまつ》の寂しさを覚えた。

「平沢、蔦屋をじっくりと見舞ってやることだ。おぬしは一緒にいると気持ちを落ち着かせてくれるところがあるゆえ、蔦屋もきっと安心しよう」

——俺と一緒にいると、気持ちが落ち着くだと……。

そんなことは初めていわれた。平格には意外でしかない。

「どうした、平沢」

平格から返事がないことを妙に感じたか秋右衛門が、いぶかしげにきいてきた。

「はっ、いいえ、なんでもありませぬ」

我に返って平格はあわてていった。

「わかりました。ただいまより、蔦屋のもとに行ってまいります」

「うむ、行ってまいれ」

秋右衛門に向かって頭を下げてから平格は立ち上がり、詰所を突っ切った。為八が、どうしたのだろう、という顔を向けてきた。

すぐさま平格は為八に近づいて片膝《かたひざ》をつき、なにがあったか、手短に話した。

「えっ、蔦屋さんが……」

さすがに為八も驚きを隠せない。

「今から蔦屋を見舞ってくる。留守居役としての役目については、頭取に頼んでおいた。今日は俺に代わって、ついにおまえの出番になるのではないかと思う。なにがあるかわからぬが、とにかくがんばってくれ。普段通りにやれば、大丈夫だ」

平格は、為八にとっくりといい聞かせた。

「はい、わかりました」

元気よく為八が答える。

「では、行ってまいる」

「行ってらっしゃいませ」

為八が畳に両手をついた。

すっくと立ち上がった平格は詰所を出て、再び廊下を歩いた。玄関で雪駄を履き、外に立っていた伊知造に声をかける。

「お待たせした」

「いえ、とんでもないことです」

恐縮したように伊知造が腰を折る。

「よし、忠吉、ついてまいれ」

平格が命じると、はっ、と忠吉が小腰をかがめた。

二

多くの人が行きかう辻《つじ》の手前で、伊知造が足を止めた。

「こちらでございます」

建坪が優に四十坪はありそうな一軒家の横の壁に『病一切之療治　輝養堂』と大きな看板が掲げられている。穏やかな日に照らされたその看板の影が、平格たちの足元に伸びてきていた。

――日本橋にこれだけの診療所を開けるなど、庵貫という医者は相当の腕の持ち主なのだろうな。

建物はまだ老朽しておらず、古さを感じさせない。かなり金のかかったつくりのような気がする。

「どうぞ、お入りください」

平格に向かって辞儀した伊知造が、板戸をするすると開ける。失礼します、といって平格は輝養堂に足を踏み入れた。

狭い三和土《たたき》には何足かの草履《ぞうり》や雪駄、下駄が置かれており、その上の畳敷きの間には数人の患者らしい者が座っていた。

「ここは待合部屋です」

微笑して伊知造が平格に伝える。

「こちらの襖《ふすま》の向こうは、うちの先生が手当を行う部屋になっています」

右側の襖を伊知造が指さす。ここは庵貫の診療部屋ということだろう。

「それで、蔦屋さんはどちらにいらっしゃるのです」

最も知りたいことを平格はたずねた。

「蔦屋さんは、こちらの部屋にいらっしゃいます」

待合部屋の左側の腰高障子の前に、伊知造が立った。

「蔦屋さん、開けますよ」

伊知造が腰高障子越しに中に声をかける。

「どうぞ」

平格の耳に、よく馴染《なじ》んだ声が返ってきた。怪我を負っているとは思えない、張りのある声音である。

「失礼いたします」

軽く頭を下げて、伊知造が襖を開けた。

重三郎は寝床に座して、なにやら書物に目を落としていたが、腰高障子が開いたのを認めると、書物を畳の上にそっと置いた。

「蔦屋さん――」

平格が声を発すると、面《おもて》を上げて重三郎がにこりと人なつこい笑みを浮かべた。

――ああ、思いのほか元気そうでよかった。それにしても、こんなときでも蔦屋さんはよい笑顔をしているな……。

重三郎がいる部屋は南向きの六畳間で、明るい日が、庭に面しているらしい障子に当たっている。部屋には、薬湯の甘ったるいにおいが漂っていた。

失礼します、と会釈して平格は部屋に入り、重三郎の寝床の横に座った。

「月成さん、よくいらしてくださいました」

丁寧にいった重三郎が体を動かし、端座しようとする。それをすぐに平格は制した。

「いえ、蔦屋さん、どうか、そのままで。無理をなさいますな」

「しかし月成さん……」

「いえ、本当によいのですよ。お楽にしてください」

重三郎がほっとしたように息をついた。

「ありがとうございます。では、お言葉に甘えさせていただきます。月成さん、お心遣い、感謝いたします」

「いえ、礼をいわれるほどのことではありませぬ」

目を上げて、平格は重三郎の顔を控えめに見た。重三郎の顔色は悪くない。つやつやしているとはさすがにいえないが、今年四十歳なら、それも当たり前でしかないだろう。それでも、今も歳よりかなり若く見える。

重三郎が読んでいた書物は、薬種関係のもののようだ。さすがに重三郎が持ち歩いているものとは思えないから、輝養堂にある書物を借りて読んでいたのであろう。

「月成さん、急な呼び出しにもかかわらず、よくいらしてくださいました」

うれしそうに重三郎がいった。

「蔦屋さんのお呼びとあれば、それがしはどこにでもまいりますよ」

本心から平格は答えた。

「ありがとうございます。月成さんにそうおっしゃっていただけて、手前は跳び上がりたいほどですよ」

「蔦屋さん、跳び上がるのは、おやめください。体に障りますからね」

やんわりとした口調で平格はいった。

「ええ、よくわかっています」

重三郎の答えを聞いて、平格は居住まいを改めた。

「蔦屋さん、お加減はいかがですか」

「この通り、決して悪くはありません。笑うと、ちょっと傷が痛みますが……」

「やられたのは脇腹と聞きましたが……」

「ええ、ここです」

重三郎が右の脇腹にそっと手を当てた。

「斬られたときはけっこうな出血があり、これは死ぬなと思いましたが、こちらで手当を受けたら、存外に浅手ということを知りました。手前はそのことに驚きましたよ」

「刀で斬られると、血が驚くほどよく出るのですよ。指をちょっと切っただけで、このまま死んでしまうのではないかと思えるほどの血が出ますからね」

「ああ、そういうものですか。刀がそれだけ切れるという証《あかし》なのでしょうね」

「刀というのは、すごいものです。刀をつくり上げた先人は尊敬に値します」

「まことその通りですね」

ところで、と話題を変えるように平格はいった。

「蔦屋さんを襲ったのは頭巾の浪人ということですが、それが誰かはわからぬのですね」

「はい、わかりません。これまで会ったことのない浪人だと思います……」

少し無念そうに重三郎が首を横に振った。

「金目当てで蔦屋さんを襲ったのではなかったと、それがしは伊知造さんからうかがいましたが、でしたら、なにゆえ蔦屋さんは狙《ねら》われたのでしょう」

「うらみというのが、最も考えやすいですね」

よく光る目で平格を見つめつつ、重三郎がいった。

「しかし、あの頭巾の浪人が手前にうらみを抱き、襲ってきたというわけではないと思います」

重三郎がなにをいっているのか、平格は解することができなかった。

「それはどういう意味ですか」

ききながら平格は、ようやくぴんときた。重三郎が説明する前にいう。

「つまり、蔦屋さんにうらみを持つ誰かに頼まれて、頭巾の浪人は蔦屋さんを殺しに来たということですね」

ええ、と冷静さを感じさせる顔で重三郎が認めた。

「そういうことだと思います。実際、あの頭巾の浪人は、金ならやる、といった手前に、おぬしの金などほしくない、とはっきりいいましたから……」

「蔦屋さんを亡き者にすることで、ほかの者から金が払われるからでしょうか」

「ええ、手前はそう考えました」

なるほど、と平格は相づちを打った。

「蔦屋さんが頭巾の浪人に殺されそうになった理由が、仮にうらみだとしましょう。蔦屋さん、なにか心当たりはありますか」

「そのことは昨晩から今朝にかけて、ずっと考えていました」

まじめな顔で重三郎がいった。寝床に横になったままんじりともせずに思案を続ける重三郎の姿が、平格の目に見えるようだ。

「心当たりはありましたか」

身を乗り出して平格は重三郎にきいた。

「それが正直、わからないのです」

苦い顔で重三郎が答えた。

「今さら月成さんにいうまでもないことですが、手前は版元として、これまでさまざまな書物を出しています。書物に自分のことが書いてあると思い込み、その上、馬鹿にされたと考える人は、今までに何人もいました」

その通りだ、と平格は思った。

「それがしも風呂《ふろ》屋で隣り合ったやくざ者から、こんなことをいわれたことがあります。朋誠堂さんがあっしのことを題材にして書いたのはわかっていますが、もう少しいい男に描けなかったんですかい。そのやくざ者にすごまれて、それがしはさすがに面食らいましたよ」

「手前が同じ目に遭《あ》ったら、怖くて震え出すでしょうが、月成さんはお強いですからね。怖くはなかったんですね」

「ええ、別段、怖くはありませんでした」

「それはうらやましい……」

すぐに息を入れて重三郎が続ける。

「しかし、書物に描かれて馬鹿にされたと思い込んだ人が、手前を殺すとはさすがに思えません」

それはそうだろうな、と平格は思った。

「これも月成さんにいうまでもありませんが、手前は流行にのって人気を博する書物を何点も出しています。そのことを他の版元がうらやんでいるのはまちがいないと思いますし、そのことで手前にうらみを抱いている者もいるかもしれません」

それは十分にあり得るな、と平格は考えた。

——商売が絡《から》むということは、金が絡むということだ。その金が大金であれば、なおさらだ。大金を手に入れるために人の命を奪おうと思う輩は、この世にはいくらでもいよう。

再び重三郎が口を開く。

「手前は長年、この出版の世界に身を置いています。しかし、いくら大金が絡むからといって、人を雇って手前を殺そうとするほどのうらみを持たれるとは、とても思えないのですよ」

「蔦屋さん、つかぬことをおききしますが、命を狙われたのは、今回が初めてですか」

「はい、初めてです。ですので、よく絶体絶命の虎口《ここう》を逃れられたものだな、と自分に感心していますよ」

真剣で狙われて蔦屋さんはさぞかし怖かっただろうな、と平格は思った。

「これまでこの世界で働き続けてきて、命を狙われたのがこたびが初めてというのなら、書物の出版というのは、蔦屋さんのおっしゃる通り、関係ないのかもしれませぬ」

「そうだと思います。ですので手前は、なにか別の理由があって、命を狙われたのではないかと考えています」

重三郎が平格を見つめていった。

「では、蔦屋さんが狙われるどんな理由が考えられますか」

平格に問われて、重三郎が考えに沈む。

「なにか見てはならないものを見たとか、知ってはいけないものを知ってしまったとか、何者かの逆鱗《げきりん》に触れる行いをしてしまったとか……」

逆鱗に触れるか、と平格は思った。

——今の政《まつりごと》を風刺した『文武二道万石通』や『鸚鵡返文武二道』を出版し、それが江戸市民に大売れしたことで松平定信公が腹を立て、刺客を蔦屋さんに差し向けたというのは、考えられぬか。

考えられぬことではない、と平格は断定するように思った。

——松平定信公は、自分は常に正義を行っていると考えるようなお方に思える。そういう偏《かたよ》った考えの持ち主は、自分を批判する者を決して許せぬのではないか……。

声をひそめて平格は、その思いを重三郎にいった。

「白河さまがですか……」

さすがに重三郎もそこまでは考えていなかったらしく、目を見開いて平格をじっと見た。すぐにささやくような声音でいう。

「考えられないことではありませんが、いくらなんでも白河さまがそこまでやるとは、手前には思えません」

「蔦屋さんはなにゆえそう考えるのですか」

「闇討《やみう》ちなどという汚い手を使わずとも、白河さまがその気になれば、手前の命を縮めることなど、たやすいことだからです。白河さまは今、天下の法度そのものといってよいお方です。手前の命を取る気なら、どんな理由でもかまいません、町奉行に命じて引っ捕らえさせ、牢屋にぶち込めば済むことでしょう。牢に入れてしまえば、手前など、煮るなり焼くなり、いかようにも料《りょう》れましょう」

確かに、入牢《じゅろう》して獄死《ごくし》する者はあとを絶たない。それは、牢名主《ろうなぬし》が牢内で手下に密《ひそ》かに殺させているからともいわれる。

天下をその手に握っている権力者が、牢名主に命じて目当ての人物を殺させることなど、赤子の手をひねるよりたやすいことだろう。

ごくりと唾《つば》を飲み込んで平格はいった。

「彼《か》のお方《かた》は闇討ちすることで、蔦屋さんを入牢させる手間を省こうとしたのかもしれませぬ。彼のお方は以前、御老中だった田沼さまを闇討ちしようとしたとの噂《うわさ》があります。さらに、田沼さまの御嫡男《ごちゃくなん》だった意知公《おきとも》を闇討ちした佐野善左衛門《さのぜんざえもん》をそそのかしたという風評すらあります。闇討ちのような卑怯な手は、平気で使う人ですよ」

平格は口を閉じ、ふう、と息をついた。それを見て、ふふ、と重三郎が小さく笑う。

「月成さんは、白河さまをずいぶん嫌っておられるようですね」

「当然です」

両肩を張って平格は力んでいった。

「蔦屋さんは、ちがうのですか」

「もちろん手前も好きではありません」

重三郎があっさりと認めた。

「あのお方のせいで、ずいぶんとこの世は息苦しくなってきましたからね……。出版を生業《なりわい》にする者たちも辛《つら》くなってきました。——月成さん、手前の命を狙った頭巾の浪人に話を戻しますね」

「ええ」

重三郎を見つめて平格はうなずいた。再び重三郎が口を開く。

「手前の命を狙ったのが白河さまでないと考えるのは、いくら政のことを風刺されたからといって、天下第一の権力者が一介の版元のあるじを殺しにかかるだろうかということです。それに、浪人など雇わずとも、白河さまともなれば、家臣にいくらでも遣い手がいるでしょう」

「家臣を使わなかったのは、し損じたときのことを考えたのかもしれませぬ」

「いえ、それはないでしょうね」

やんわりとした口調で重三郎が否定する。

「もし白河さまが家臣を使うとなれば、一人ではなく数人の遣い手で、手前を囲んでから襲いかかってきたはずです。そうすれば、手前は逃げ場を失い、あっさりと討たれていたことでしょう」

そうかもしれぬ、と平格は思わざるを得なかった。

――たった一人の浪人に蔦屋さんを襲わせたのは、常に完璧《かんぺき》を求めそうな松平定信公らしくないな……。

「それに、あの頭巾の浪人は病にかかっていました。病持ちの浪人に闇討ちを命じるほど、白河さまは迂闊《うかつ》ではないでしょう」

えっ、と平格は意外な思いを抱いた。

「刺客は病持ちだったのですか」

さようです、と重三郎が肯定する。

「いざ手前を斬り殺そうというとき、あの頭巾の浪人は動けなくなるようなひどい咳《せき》をしましてね、それで手前は助かったようなものですよ」

「ああ、そうだったのですか」

死地に足を踏み入れたとき相手が進退にも不自由するほど咳《せ》き込むなど、やはり重三郎は運が強いとしかいいようがない。

――まあ、強い運に恵まれたお人だからこそ、大売れする書物を次々に世に出すことができたのだろう……。

蔦屋重三郎は抜群の才覚を持つ男ではあるが、誰もがうらやむほどの強運を授かって生を受けたのは、まずまちがいない。

ですので、と重三郎がいった。

「何事にも完璧を求めそうな白河さまが、病持ちの浪人を刺客として、雇うはずがないと手前は考えました」

「さようですね」

得心して平格はいった。

「しかし、松平定信公が蔦屋さんを亡き者にするのを命じずとも、あるじの意を忖度《そんたく》した家臣が、松平家とはまったく関係のない浪人を雇ったというのも、考えられぬことではありませぬ」

その平格の言葉を聞いて、重三郎がまたにこやかに笑んだ。

「月成さんは、なにがなんでも白河さまのせいにしたいようですね」

「ああ、いえ、そういうこともないのですが……」

「それだけ月成さんの白河さまに対する嫌悪の思いが強いのでしょう」

「嫌悪というより、憎しみですね」

重三郎を見つめて平格はいいきった。

「ああ、さようでしょうね」

重三郎がゆったりとした笑みを見せた。

「しかし、いろいろな想像を働かせるところは、さすがに物語を紡ぐことをもっぱらにしているだけのことはありますね。もっとも、月成さんは江戸留守居役が本業ではありますが……」

「それがしは侍としては、あまり褒《ほ》められた者ではありませぬ。文筆しか、取り柄がありませぬ……」

平格は本心からそう思っている。その唯一の長所を、松平定信という男の気持ち一って取り上げられるのだ。殺したくなるほど憎まないはずがない。

「いえいえ、とんでもないことですよ」

　重三郎が顔の前で手を振った。

「月成さんは、人としてとても素晴らしいお方です。手前は月成さんが仮に物書きでなくとも、ずっとお付き合いしたいと思っています。月成さんほど信頼できるお方は、そうはおりませんから」

　絶賛といってよい褒めようである。平格はただ恐縮するしかなかった。

「ありがたいお言葉ですが、それがしはそこまでの男ではありませぬ……」

　いえ、と重三郎がかぶりを振った。

「そのようなことはありません。手前は、月成さんのお人柄に惚れ込んでおります。月成さんは、まことに素晴らしいお方です」

　そうまでいわれたら、平格は感謝の言葉を述べるしかなかった。

「ありがとうございます。蔦屋さんにそうおっしゃっていただけると、跳び上がりたくなるほど、うれしいですよ」

　ははは、と重三郎が快活な笑い声を上げた。すぐに脇腹を押さえ、いたたた、といって顔をゆがめた。

「大丈夫ですか」

あわてて平格は問いかけた。顔をゆがめたまま重三郎が脇腹をさすった。

「ちょっと調子に乗って笑いすぎました」

「済みませぬ。それがしが、つまらぬことを申し上げたせいで……」

「いえ、月成さん、謝られるようなことではありませんよ」

表情を引き締め、重三郎がまじめな顔になった。

「それで月成さん。手前がお呼びしたわけなのですが……」

どうやら、重三郎は本題に入るつもりのようだ。

「はい」

かしこまって平格は重三郎を見つめた。

「実は、月成さんにお願いがあるのです」

「といいますと」

重三郎を凝視して平格はすぐさまきいた。重三郎がわざわざ依頼したいこととはなにか。平格は強い関心を抱いた。

なにかない限り、いくら怪我をしたといっても、蔦屋が自分を呼び出したりはしないのは、平格にはわかっていた。重三郎は慎み深く、しないでもよい遠慮をする男なのだ。

――こと出版に関しては、ほかの版元に遠慮することなどなく思い切った手を打ってくるのに、人が相手となると、途端に気兼ねをしたりするのだよな……。

「月成さんにこんなことをお願いするのは、畏れ多いのですが……」

どこかいいにくそうに重三郎が言葉を途切れさせた。

「わかりました、引き受けましょう」

にこやかに平格はいった。

「えっ」

びっくりしたように重三郎が目をみはって平格を見る。

「月成さん、手前はまだお願い事を口にしておりませんが……」

「いえ、蔦屋さんの気質からして、なにをそれがしに頼みたいのか、わかりました」

「えっ、まことですか」

重三郎が目を丸くする。

「それがしに用心棒を依頼したいのでは、ありませぬか」

感心したように重三郎が大きくうなずく。

「その通りです。月成さん、よくおわかりになりましたね」

「まあ、蔦屋さんとは長い付き合いですからね。そのくらいは当たり前のようにわかりますよ」

「そうおっしゃっていただけると、本当にうれしいですよ」

「それがしも蔦屋さんのお役に立てるのは、うれしいことです」

すぐに平格は言葉を続けた。

「蔦屋さんは、ここで静養しているときに襲われるのが怖くて、それがしに身を守ってほしいのではありませぬな」

平格は重三郎にたずねた。

「おっしゃる通りです」

我が意を得たりというように、重三郎が強く顎を引く。

「誰がなんのためにあの頭巾の浪人を使って、手前の命を狙ったのか、突き止めたいと思っています。その際、月成さんに身辺の警護をお願いしたいと考えているのです」

「お安い御用です。お任せください」

胸を叩くように平格は請け合った。

「しかし月成さんは、あるじ持ちの御身です。手前は明日からでも探索に動くつもりですが、月成さん、大丈夫ですか」

「大丈夫です」

　重三郎を見つめて平格はいいきった。

「実をいえば、もう歳ですので、それがしは隠居するつもりでいたのです。まだ上役には話しておりませぬが、上屋敷に戻り次第、さっそく話そうと思います」

「今日、上役に話して明日、もう隠居できるのですか」

「せがれが二年前から、留守居役見習いということですでに奉公しております。十分につとまるはずですので、まず大丈夫でしょう。もし無理だといわれたら、風邪《かぜ》を引いたことにして仕事を休むようにします」

「そこまでされるのですか……」

　呆然《ぼうぜん》とした顔で重三郎がつぶやく。すぐに面を上げ、平格に語りかけてきた。

「月成さん、決して無理はなされないようにしてくださいね。手前のことより、月成さんのほうがずっと大事ですから」

　ふふ、と笑って平格は重三郎を見返した。

「それがしは蔦屋さんに世に出していただきました。その恩返しをしなければなりませぬ」

「月成さんに恩に着ているのは、手前のほうですよ」

「そんなことはありませぬ」

重三郎をまっすぐに見て平格はいった。

「蔦屋さんこそ明日から探索に動くとおっしゃいましたが、傷のほうは大丈夫ですか。先生に縫ってもらっているのでしょうが、動くことで傷が破れてしまうようなことはありませぬか」

「先生からは三日ほど静養したほうがよいといわれていますが、今夜一晩ゆっくりすれば、傷のほうはまず大丈夫だと思います」

確信のある声音で重三郎がいった。

「それならよいのですが……」

「月成さん、大丈夫ですよ」

力強い声で重三郎が断言した。

「手前は、もともと体は強いのです。この程度の傷、気合で治しますから」

そこまでいうのなら、と平格も腹を決めた。

「わかりました」

重三郎の力のみなぎっている瞳をじっと見て、平格は深くうなずいた。

「では、それがしはいったん上屋敷へと引き上げます。蔦屋さん、明朝、またこちらに来ればよろしいですか」

「それでけっこうです」

にこやかに重三郎が答えた。

――いや、明朝ではまずいか……。

平格の脳裏を、一つの気がかりがよぎっていく。座り直して、蔦屋さん、と平格は呼びかけた。

「今はたくさんの患者さんがおることもあり、頭巾の浪人が襲ってくることはまずないと思いますが、今夜、この診療所は庵貫先生と伊知造さんだけになってしまうのではありませぬか」

「ええ、そうだと思います」

重三郎が首を縦に動かした。

「そこを頭巾の浪人が狙ってくるということは、考えられませぬか」

平格に問われて重三郎が首をひねる。

「さて、どうでしょうか。しかし月成さん、手前がこの診療所にお世話になっていることを、あの頭巾の浪人は知らないのでは……」

果たしてそうだろうか、と平格は案じざるを得なかった。

「昨晩、蔦屋さんは庵貫先生たちと一緒に、こちらにやってきたのでしたね」

平格は重三郎に確認した。

「さようです。手前は布留川《ふるかわ》という煮売り酒屋のあるじに助けてもらいました。布留川に庵貫先生がいらして手当をしていただいたあと、手前はこちらに連れてきてもらいました」

「そのとき、頭巾の浪人にあとをつけられてはおりませぬか」

「それは正直、わかりません」

少し困ったような顔で重三郎が答えた。それはそうだろうな、と平格は思った。

——つまらぬことをきいてしまった……。

すぐに重三郎が言葉を続ける。

「しかし布留川からここまでの道中、それがしは伊知造さんに背負われておりました。もしあの頭巾の浪人がつけていたら、そのときを逃さずに襲いかかってきたのではないかと思うのですが……」

「ああ、そうかもしれませぬ」

蔦屋さんのいう通りだな、と平格は思った。

　――刺客に選ばれた者が、それだけの好機を逃すはずがない。

「蔦屋さんのおっしゃる通り、昨夜は頭巾の浪人につけられなかったと考えてよいようですね」

　納得した平格は重三郎に告げた。しかし、とすぐに続ける。

「頭巾の浪人が布留川の近所で噂話を拾い、ここを突き止めた恐れは十分にありますので、頭巾の浪人が、この診療所から人けがなくなったところを見計らって、襲ってこぬとも限りませぬ」

　重三郎が難しい顔をする。

「人けが少なくなるといえども、まったく人がいなくなるわけでもありませんし、戸締まりもしっかりすると思います。果たしてあの頭巾の浪人がそこまでするでしょうか」

「金で人殺しを引き受けた者は、どんな困難が立ちはだかっても必ずやり遂げると聞いたことがあります。蔦屋さんの身が心配ですので、それがしは今夜から警護につくことにいたします。蔦屋さん、よろしいですか」

　やや強い口調で平格はいった。

「それは本当にありがたいことですよ」

平格を見つめて重三郎が喜びを露《あら》わにする。

「月成さんが一緒にいてくださるなら、こんなに心強いことはありません。しかし月成さん、何度も申し上げますが、決して無理はなさらないようにしてくださいね」

「それは、よくわかっています」

「夜分にこの診療所に人があまりいないことを月成さんが不安に思われるなら、手前が人を呼んでも構いません。店の者に来てもらえば済むことです」

「ああ、その手がありましたね。それは考えませんでした」

「ですので、月成さん、ご無理はなされませんようお願いいたします」

わかりました、と平格はいった。

「では蔦屋さん、それがしはいったん失礼します」

重三郎に向かって頭を下げてから、平格はすっくと立ち上がった。

体の重さやだるさは微塵も感じない。これは、人の役に立てるということが、気持ちに張りを持たせているからではないか。

――病は気からというが、何事も気持ちというのは大事なのだな。肝心なのは気持ちの持ちようということだ。

そのことを平格は実感した。

月成さん、と重三郎が平格を見上げて呼びかけてきた。

「警護についてほしいとの願いをお聞き届けくださり、まことにありがとうございます。心から感謝いたします」

寝床の上で端座した重三郎が、両手をついてこうべを垂れた。

「蔦屋さん、どうか、顔を上げてください。それがしは、蔦屋さんのことを友垣《ともがき》だと思っています。友垣を守るのは、至極当たり前のことですよ」

ありがとうございます、と再びいって重三郎が面をようやく上げた。

重三郎の目に光るものが見え、平格は胸を衝《つ》かれた。

――どのような者が蔦屋さんの命を狙っていようと、俺は必ず守ってみせる。

強い決意を胸に刻み込んで、平格は重三郎の前を辞した。

三

下谷七軒町《したやしちけんちょう》にある上屋敷の門をくぐった平格は敷石を踏んで殿舎に入り、留守居役の詰所に向かった。

詰所に足を踏み入れ、頭取の秋右衛門の文机の前に座した。

「平沢平格、ただいま戻りました」

朗々とした声を心がけて平格はいった。

「おう、ずいぶんと早かったな」

捺印したばかりの書類から、秋右衛門が顔を上げる。

「それで、蔦屋の具合はどうであった」

平格をじっと見て、秋右衛門がきいてきた。

「はっ。蔦屋の怪我は聞いていた通り、大したことはありませぬ。すぐに仕事に復帰できるものと存じます」

「それは重畳《ちょうじょう》。平沢も安堵《あんど》したであろう」

「はっ、まこと胸をなで下ろしました」

「それで、襲ってきた頭巾の浪人について、蔦屋はなにかいっておったか」

「これまで一度も会ったことのない者であろうということでした」

「そうか。となると、頭巾の浪人は金で雇われたということか」

「おそらくは……」

「命を狙われる心当たりについて、蔦屋はなにかいっておったか」

「一晩中、考えてみたようですが、今のところ心当たりはないようです」

そうか、と秋右衛門がいった。

「それで平沢、おぬしはどうするつもりだ」

「どうするつもりとおっしゃいますと」

秋右衛門にきかれた意味がつかめず、平格はすぐにたずね返した。

「知れたことよ――」

秋右衛門があっさりとした口調でいった。

「おぬしの気性からして、誰が蔦屋を狙ったか、突き止めたいと考えておるはずだ」

「それはおっしゃる通りですが……」

なにかを思い出すかのように、秋右衛門が首をひねった。

「平沢、今宵は大事な寄合があったな」

「はい、ございます」

「例の庄内酒井家との会合だな」

「さようです。久保田領からの逃散《ちょうさん》百姓を戻す一件でございます」

ふむ、といって秋右衛門が顎をなでる。

「いま蔦屋は輝養堂におるのか」

新たな問いを秋右衛門が放ってきた。

「はい、輝養堂には庵貫という医者がおります。その医者のもとで静養しております」

「おぬし、蔦屋が今宵、襲われるのではないかという懸念を抱いておるな。ちがうか」

決めつけるように秋右衛門がいった。よくおわかりになるな、と正直、平格は驚いた。

「おっしゃる通りです。蔦屋が頭巾の浪人に襲われるのではないかと恐れております」

やはりそうか、と秋右衛門がつぶやいた。

「おぬしとしては、蔦屋の警護につきたいのであろう」

「はい、その通りです。それがしが蔦屋の身を守りたいと考えております」

「蔦屋から警護についてほしいと頼まれたのだな。おぬしとしては、もし蔦屋から頼まれなかったら、自分から警護につくことを申し出るつもりでおったのだな」

「はい、おっしゃる通りにございます」

ずばずばといい当てる秋右衛門に、平格は感嘆するしかない。さすがに留守居役頭取だけのことはある。

「しかし持田さま、なにゆえそれがしの気持ちがおわかりになったのでございますか」

その平格の問いに、秋右衛門が苦笑する。

「なに、おぬしはわかりやすいのだ。顔にすべて書いてあるからな」

「えっ、さようにございますか」

俺の顔色は他者には読み取りにくいはずと自分では勝手に思っていたから、平格は驚いた。

「それでは、いろいろと駆け引きをしなければならぬ留守居役として、ひじょうにまずいのではないでしょうか」

「おぬしの気持ちがわかるのは、わしだからこそだ」

平格を見つめて秋右衛門が断じた。

「ほかの者にはわからぬはずだ。わしがわかるのは、おぬしとの付き合いが、すでに五十年に及ばんとしておるからだ。互いに歳を取ったものだと思うが、おかげでおぬしの考えは、ほとんど手に取るようにわかる」

「さようにございましたか……」

平格に秋右衛門の気持ちがずばずばわかるかというと、そんなことはない。

——これは、人としての器量の差であろうな。仕方のないことだ。

「それがしのことを理解してくれるお方が身近にいらしてくれて、こんなにありがたいことはありませぬ。それで持田さま……」

本当に今夜から蔦屋の警護についてよいか、と平格はきこうとしたが、その前に秋右衛門が口を開いた。

「よいぞ。平沢、許しを与えるゆえ、今宵から蔦屋の警護につくがよい」

「えっ、まことでございますか」

目をみはって平格は秋右衛門にいった。うむ、と秋右衛門が顎を引いた。

「おぬしがそろそろ潮時だと隠居を考えておるのも、わしはわかっておるぞ」

「えっ、さようにございますか」

これには平格は仰天した。すぐさま秋右衛門が説明する。

「なにしろ、おぬしの為八を見る目が最近、ちがってきておるからな。以前は為八のことを大丈夫かと危ぶんでおったが、今は頼もしそうに見ておることがほとんどだ。これなら跡を任せてもよいか、とおぬしが考えているのは明らかだ」

それを聞いて、平格は秋右衛門に改めて畏敬《いけい》の念を抱いた。

——前から素晴らしい上役であると思っていたが、思っていた以上にすごいお方ではないか。これほどに俺のことをわかってくださるお方は、なかなかおらぬぞ。

「持田さまは、なんでもお見通しでございますね」

平格が褒め言葉を口にすると、秋右衛門が小さく笑った。

「なんでもお見通しなのは、おぬしのことだけだがな」

そんなことはあるまい、と平格は思った。

——上屋敷内でのことは、なんでもおわかりになっているのではあるまいか。

こういう人物が留守居役頭取でいてくれるからこそ、佐竹家の江戸の家中《かちゅう》はつつがなく回っているのだろう。

「それで持田さま。今宵の庄内酒井家との会合は、どうなされますか。誰かほかの者を連れていかれますか」

そのことが気にかかった平格は、身を乗り出すようにしてきいた。

「為八を連れていく」

語調になんのためらいもまじえることなく、秋右衛門が答えた。

「為八を……」

「おぬしが蔦屋の警護につくという本当の理由をいえば、酒井家は体面を潰されたと、不満を持つに相違ない。ゆえにおぬしは急な病で不在ということにする。酒井家もおぬしが公儀に目をつけられていることを知っておろう。そこでおぬしの跡取りを連れていけば、酒井家のほうも、おぬしはこのまま隠居するのだな、と考えるにちがいない」

そうであろうな、と平格は思った。

「為八というおぬしの跡取りに会えて、酒井家の者も喜ぶのではないか。為八は我が佐竹家の次代を担う男である。重要な寄合に顔を出し、早めに経験を積んでおくのも、大事なことであろう」

持田さま、と平格は呼びかけた。

「せがれへのご配慮、心より感謝いたします」

畳に両手をそろえて、平格は深々と頭を下げた。

「平沢、そのようなことをする必要はないぞ。顔を上げよ」

凜《りん》とした声が頭上に降ってきた。はっ、と答えて平格は秋右衛門にいわれた通りにした。

「それでよい」

満足そうに秋右衛門が笑みを浮かべた。

「よいか、平沢。今宵の寄合に為八を連れていくのは、主家の将来のためだ。別に配慮したわけではない」

「はっ、はい」

「いずれ為八には、おぬしのような練達の留守居役になってほしいからな。今宵がその一歩になればよいのだ」

なんともありがたい話ではないか、と平格は思った。うれしくて涙が出そうだったが、これでいよいよ隠居が待ったなしになったかと思うと、寂寥《せきりょう》の思いも込み上げてきた。

——これからは好きな狂歌に没頭できると思えば、よいことではないか。

黄表紙を書けないのは残念ではあるが、民に窮屈な暮らしを強いている松平定信がいつまでも天下の権を握り続けるとはやはり思えない。

——いずれまた、おもしろい黄表紙が書けるときが来るさ。それを気長に待てばよい。

問題はそれまで自分の寿命が持つかということである。

なに大丈夫だ、と平格は思った。

——きっと気の持ちようで、なんとかなる。

平格は自らに強くいい聞かせた。改めて礼をいって秋右衛門のもとを辞した。

平格は大玄関に行き、忠吉を呼んだ。

「はい、殿さま」

すぐに忠吉が姿を見せた。

「出かけるぞ。雪駄を頼む」

「では、輝養堂に行かれるのでございますね」

「その通りだが、忠吉、供は無用だ」

「えっ」

どういうことですか、といわんばかりに忠吉が意外そうな顔になった。

「今夜、為八が庄内酒井家との会合に出ることになった。忠吉は、その供についてやってくれ」

「ああ、さようでございますか」

「うむ、これからの俺は、ほぼ一人で動くことになろう」

平格の説明を聞いて、忠吉は合点がいったようだ。

「あの、殿さまは、では今日から隠居されるのでございますか」

どこかいいにくそうに忠吉がきいてきた。

「今日から、ということはない」

かぶりを振って平格は否定した。

「だが忠吉、今日からは為八のことを主人だと思ってもらいたい」

「はっ、承知いたしました」

納得したような顔つきの忠吉を、平格は見つめた。

「忠吉、雪駄を頼む」

「ああ、失礼いたしました」

懐から取り出した平格の雪駄を、忠吉が投げてきた。

いつものように、平格が履きやすいようにぴたりと雪駄はそろった。

――この見事な技を見ることも、もうあまりないのだな。

またも寂寥の思いが募《つの》ってきた。

――これは誰もが通ってきた道なのだ。俺だけではない。

そして、いずれ為八も通る道である。

こうして人の営みというのは、と平格は思った。脈々と受け継がれていくのであろう。

第四章

一

平格が警護についてくれたことで心から安堵《あんど》でき、そのためなのか、傷の治りもずいぶん早くなったように重三郎は感じた。

「ふむ、これならば、もう大丈夫だな」

重三郎の傷をじっくりと見た庵貫が、太鼓判を押すようにいった。

「蔦屋さん、今日、家に戻ってもらっても構わんよ」

「ああ、さようですか。それはうれしいな」

寝床で横になったまま、重三郎は笑みを浮かべた。

——これだけ早くよくなったのは、やはり月成さんがそばにいてくれるおかげだ。

つまりなにごとも心の持ちようが大事なのだな、と重三郎は思った。

——もし月成さんがそばにいてくれなかったら、いくらかすり傷とはいえ、これほど早く治ることはなかっただろう……。

実際には重三郎は昨日の朝、ここ輝養堂を退所するつもりでいたのだが、いま無理をしたら傷が破れて出血がひどくなり、下手すれば命にも関《かか》わりますぞ、と庵貫に強い口調でいわれ、あきらめたのである。

「賊の刃《やいば》は皮膚と肉を斬《き》り裂いただけで、臓腑《ぞうふ》に届かなかったといえども——」

横になっている重三郎の脇腹《わきばら》の傷に、膏薬《こうやく》を丁寧に塗り込みながら、庵貫がしみじみという。

「やはり、刀の傷というのは血の出方が他の刃物の傷とはちがうものだからな……」

ああ、このことは月成さんもおっしゃっていたな、と重三郎は思い出した。

「さほど深くない傷だといっても、刀傷がこれほど早く治るのはまことに珍しい。蔦屋さんは、生き馬の目を抜くという江戸で名をなすだけのことはあって、どうやら人とは体のつくりがちがうようだ……」

ええっ、と重三郎は思った。そんなことは考えたこともなかった。幼い頃《ころ》は、高熱を発して寝ていることが多かった。自分は体が弱いのだと思い込んでいた。

——いつから俺はそんなふうに変わったのだろう。実にありがたいことではあるが……。

「まあ、この分なら、蔦屋さんはきっと長生きできような。しかし、それも摂生《せっせい》が肝要なのだが……」

「摂生ですか」

さよう、と庵貫が重三郎を見下ろしてうなずいてみせた。

「体のことをよくよく慮《おもんぱか》ってやることが、最も大事だな。それには、過度な飲食を慎むのがよい。特に、大食と大酒はいかんぞ。大食は体に負担をかけるし、酒は百薬の長というが、あれは偽りに過ぎん」

「えっ、偽りですか」

この言葉は驚きでしかない。酒が好きで、よく飲む重三郎にとって、初めて聞かされることである。

「ああ、偽りだな」

重三郎を見て庵貫が断言する。

「少しの酒も、薬にはならないのですか」

「ああ、少量でも酒は体に悪い。実に悪い。――ああ、蔦屋さん、ゆっくりでよいから体を上げてくれるか」

新しい晒《さら》しを手にした庵貫がいった。

「はい、わかりました」

もう傷は痛くないが、重三郎は慎重に背中をねじるようにして上げた。そばについている伊知造が重三郎の腰に手を当て、手伝ってくれる。

「しばらくそのままでいてくだされや」

すぐさま庵貫が、晒しをするすると重三郎の体に巻きはじめた。

「これでよし」

手際よく晒しを巻き終えた庵貫が満足そうにいった。

「起き上がってよいよ」

「ありがとうございます」

礼をいって重三郎は寝床の上に起き上がり、着物をしっかりと着た。その上で、あの、と庵貫に声をかける。

「先ほどの百薬の長は偽りに過ぎないというお話ですが……」

「うむ」

「もう一度おたずねしますが、まことに少しの酒でも駄目なのですか。酒が百薬の長というのは、少しであるならばどんな薬にもまさる効き目があるという意味だと、手前は解しておりましたが……」

「その考えは過ちだ」

一刀両断するように庵貫がいった。

「体に悪さをするだけの飲み物が、薬などであるはずがない。酒はただの毒でしかない」

「毒……」

「毒であるがゆえに、ほんの少しの量を飲んでも、体に悪さをするのだ」

「はあ、そういうものなのですか」

重三郎は、ごくりと唾《つば》を飲んだ。

「蔦屋さん、信じておらんな」

「いえ、そのようなことはないのですが、なにしろ少しの酒でも毒だというのは、初めてうかがったものですから」

「これは大袈裟《おおげさ》なことでもなんでもない。これまで大勢の患者を、この目で診《み》てきたわしが至った考えだ」

「あの、では先生は、酒を召し上がらないのですか」

「当然だ」

よく光る目で重三郎を見つめて、庵貫が強い声でいった。

「わしは一滴も飲まん」

「一滴も……。生まれてこの方、先生は一度も酒を口にしたことがないのですか」

「いや、若い頃は浴びるほど飲んでおった」

「では、やめられたのですね。先生はいつ酒をやめられたのですか」

「かれこれ二十年前だ」

「えっ、では二十年ものあいだ、一滴も酒を口にされていないのですか」

そうだ、と庵貫がいった。

「やめてしばらくは、喉《のど》がうずくように酒がほしかったが、我慢してそのまま飲まずにいたら、そのうちに飲みたいという思いは消えていった。今は猪口《ちょこ》に注《つ》がれた酒を嗅《か》いだだけで、くさくてたまらん……」

酒がくさいか、と重三郎は少し驚いた。

――鼻《び》孔《こう》をくすぐるような、実によい香りだと思うのだが……。

「やめるきっかけは、先ほどおっしゃったように、大勢の患者さんを診たためなのですね」

ああ、と庵貫が顎《あご》を引いた。

「あまりに多くの者が、酒で体を壊すのを見てきたからな」

すぐに庵貫が言葉を続ける。

「顔色が悪く、体がひどく重いという者で、酒を口にせんという者は、おらんかったのだ。ちょっと診ただけで、皆、肝の臓《かんぞう》をやられておるのがわかった」

「肝の臓を……」

「酒というのは、肝の臓をとことん痛めつけるのだな。肝心要の肝の臓をやられては、人は健やかに生きられなくなるのだ。病になるのは当然だ」

ならば先生のおっしゃる通り、と重三郎は思った。

──酒とはとても怖いものなのだな。

「長年そういう患者を見続けて、酒は人にとって毒でしかないのを、わしは思い知った。その当時、わしは三十五だった。まだそこそこ若く、人生に未練があった。長生きしたいと思って、酒をすっぱりとやめたのだ」

「それにしても、よくやめられましたね」

酒好きの重三郎は感嘆するしかない。

「そのことはしばしば人にいわれるが……」

言葉を切って庵貫が重三郎を見る。

「要は気持ち一つだな。わしのように長生きしたいと思ったら、酒などさっさとやめるのがよかろう。酒のない暮らしなど考えられん、酒をやめるくらいなら死んだほうがましだ、と思うのなら、それも一つの生き方だ」

考え方一つということか、と重三郎は思った。

――さて、俺はどうだろう。

「しかし蔦屋さん――」

庵貫が再び口を開いた。

「酒をやめるくらいなら死んだほうがましといい放つ者で、もともとそれだけの覚悟などしておる者は一人もおらんな。肝の臓をやられて、いざ命の火が燃え尽きようとするとき、もう二度と酒なんか口にしませんから先生なんとかしてください、と必ず泣きついてくるような者ばかりだ。だが、その頃には病が高じて、どうにも手の施《ほどこ》しようがなくなっておる。ゆえに、わしにはどうすることもできんのだ……」

少し無念そうに庵貫がいった。

「そういうものなのでしょうね」

俺も酒にはだらしないところがあるから身につまされるな、と重三郎は思った。

「だから蔦屋さん、酒などさっさとやめたほうがいい。やめると、まず体が軽くなる。それから、体の不調が徐々になくなっていく。やめて五年もたてば、体の悪いところは、ほぼなくなっておるな。健やかさの塊のようになった自分に気づくことになろう

「酒をやめると、そんなにちがうものなのですか」

目をみはって重三郎はきいた。

「ああ、ちがうな。酒というのは、それだけ体に悪さを仕掛け、負担を強いるものなのだ」

「ならば、こたびの手前の傷も、酒を飲んでいなければ、もっと早く治ったかもしれないのですか」

「ああ、そうかもしれんよ」

笑顔で庵貫が肯定する。

「蔦屋さんが頭巾の浪人に脇腹を斬られて、今日が三日目の朝か。先ほどもいったように、蔦屋さんはもともと傷の治りが人よりずっと早いようだが、それでも、もしこれまでに酒を一滴も飲んでいなかったら、わしに止められることなく昨日の昼頃には、この診療所を出ることができていたかもしれんよ」

「昨日の昼……。さようですか」

重三郎をじっと見て、庵貫がにこりと笑いかけてきた。

「どうだい、蔦屋さん。酒をやめる気になったかな」

「……」

「少なくとも、やめてもよいかな、という気にはなってきました」

「蔦屋さんは今いくつだ」

「ちょうど四十です」

「長生きしたいかい」

「それはもちろんです」

人生は太く短くでよい、という思いでいたときもあるが、四十になった今、そういう気持ちはなくなっている。

できるだけ長生きして、才がある作家や絵描《えか》きを発掘し、世に出したいという気持ちが強い。

それができるのは、今の出版界では俺だけだ、という強い自負がある。

「それで一つきくが、蔦屋さんの最も大事なものはなんだい」

真剣な顔で、新たな問いを庵貫がぶつけてきた。

「出版です」

迷うことなく重三郎は即答した。

——俺はこれからも、さまざまな才の持ち主を世間に知らしめることに力を注ぐのだ。そうすれば、世のすべての人たちを幸せにできるはずだ。笑いが絶えない世の中になるのではないか。俺が目指すところはそれだ。それしかない。

「蔦屋さんは、酒と出版はどちらが大事だい」

さらに庵貫がきいてきた。重三郎は考えるまでもなかった。

「出版です」

これにもためらいなく返答した。

——出版は、俺にとってこの世で最も大事なものだ。

そのためには長生きしなければならんな、と重三郎は思案した。

——酒を飲むことで命は縮む。死んでしまえば、出版に関わることは、二度とできない。ならば、やはり酒はやめるべきなのか。ここで庵貫先生と会ったのも、決して偶然ではなかろう。酒をやめよ、という天の声かもしれんな……。

「どうだ、蔦屋さん、決心がついたかな」

にこやかにたずねてくる庵貫に顔を向け、重三郎は苦笑した。

「断酒することにだいぶ気持ちは傾いてきましたが、いろいろと付き合いもありまして……」

「まあ、そうだろうな。酒を断つと言葉でいうのはたやすいが、現実にはいろいろとしがらみがあって、それができん人は多い」

「さようですね」

「しかし、やろうと思えばできる。酒を断たねば命がなくなると思えば、いくらしがらみがあろうとも、やめるしかないからな」

「それはそうですね」

「蔦屋さん、すぐに酒断ちは無理だろうが、体の不調を感じる前にやめておいたほうがよい。それは断言できる」

思いやりを感じさせる声音で庵貫がいった。その言葉は重三郎の胸にしみた。

「わかりました。できるだけ酒を控えめにします」

「うむ。深酔いするような大酒はやめるほうがよい。なにしろ酒は、頭も弱らせるからな」

「頭もですか」

ああ、と庵貫がいった。

「肝の臓だけでなく、酒は脳味噌《のうみそ》にも悪い影響を与えるのではないかと、わしはにらんでおるのだ」

「脳味噌に……」

すぐさま庵貫が説明を加える。

「これもわしが大勢の患者を診てきたからいえることだが、酒を飲みすぎた者は酔っておらずとも、ろれつが回らなくなることがある。それに、物覚えがひどく悪くなる者が多い。物忘れも激しくなる。まださほどの歳《とし》でもないのに、耄碌《もうろく》する者も少なくない。これらはいずれも、酒が脳味噌に悪さをはたらいているからだと、わしは思っている」

「だとしたら、酒はいいことがありませんね」

「だから毒だとわしはいっているのだ」

「なるほど、そういうことですか」

「蔦屋さん、それだけではないぞ。酒は目にも悪さをするのだ」

「えっ、目もですか」

重三郎は驚きの連続である。目と肝の臓には深いつながりがあることは鍼灸師《しんきゅうし》から聞いたことがあるが、医者が口にするのは初めて聞いた。

「蔦屋さん、肝の臓と目に密接な関係があるのは、知っておるかな。肝の臓をやられると、確実に目も衰えるのだ。かすんだり、目の疲れがひどくなったりしてな。いくら投薬しても効き目がなかった目の病が、いったん酒をやめてみると、あっという間に治ることもあるくらいだ」

「えっ、そうなのですか」

うむ、と庵貫が重々しく首を縦に動かした。

「何度もいうが、とにかく酒は毒だ。だが蔦屋さんは忙しい身ゆえ、急にやめずとも、今はできることからはじめればよい」

「酒をすっぱりとやめられるきっかけがあれば、よいのですが……」

「軽傷といっても刀傷ゆえ、完治するまでのあいだは、酒を断ってもらわんとならんよ。それをきっかけとして酒をやめてもらえれば、浪人に襲われたことも災い転じて福となすともいえようが、まあ、体の不調が出てこん限り、酒をやめるのは難儀であろう。先ほど蔦屋さんがいわれたように、体のためを思って徐々に酒量を減らしていくのがよかろう」

「はい、そういたします」

元気よく重三郎は答えた。

「先生、いろいろとご教授いただき、まことにありがとうございました」

――本道は藪《やぶ》だが傷の手当てはうまいと布留川のあるじはいっていたが、庵貫先生は外科だけでなく本道も名医なのではないか……。

大勢の患者が押し寄せれば、どんなに庵貫が手を尽くしても、結局、死んでしまう者は多くなってしまうだろう。

——そのために、本道に関しては藪と思われているのかもしれない。とにかく、俺は庵貫先生のお言葉を信ずるぞ。

庵貫が穏やかに笑んで重三郎を見ている。

「まあ、酒のことなど、お節介とはわかっておるのだが、蔦屋さんほどの人を酒なんかで失いたくはないのでな……」

真摯《しんし》な眼差《まなざ》しを重三郎に注いで、庵貫がにこにことといった。

——庵貫先生は、俺のことを本心から案じてくれている。そういう人の真心には、なんとしても応《こた》えなければならん。

「先生、お心遣い、心より感謝いたします。このご恩は一生、忘れません」

庵貫に向かって重三郎は深々と頭を下げた。

二

診療部屋の襖《ふすま》が開き、重三郎が出てきた。すでに身支度をととのえている様子である。

待合部屋の真ん中に座していた老女が伊知造に呼ばれ、重三郎と入れちがうようにして診療部屋に入っていく。

「お大事にしてください」

真摯さを感じさせる声音で、伊知造が重三郎にいった。

「はい、ありがとうございます。お世話になりました」

敷居際に立った重三郎が、伊知造に丁重に礼を述べる。

「蔦谷さん、お仕事、がんばってくださいね」

「はい、がんばります」

「では、これで失礼いたします」

会釈した伊知造が襖を静かに閉め、診療部屋の中が見えなくなった。

閉まった襖に向かって丁寧に辞儀してから、重三郎が待合部屋に向き直った。

平格から見ても脇腹の傷の影響はほとんど感じられず、背筋がぴんと伸びた重三郎の姿は颯爽《さっそう》としていた。

――相変わらず、後光を背負っているかのように見えるな。

平格と待合部屋にいるほかの患者たちも目を奪われたらしく、重三郎を呆《ほう》けたように眺めている。これが噂《うわさ》の蔦屋重三郎か、という思いもあるようだ。

「月成さん――」

待合部屋の隅《すみ》のほうに座っている平格を認めて、重三郎が声をかけてきた。患者たちの目が今度は平格のほうに向いた。

「蔦屋さん、もう出られますか」

重三郎と知り合いであることに、誇りを覚えつつ平格はきいた。

「はい、庵貫先生から退所のお許しをいただきましたので」

診療部屋で庵貫は先ほどの老女を診はじめているらしく、なにか穏やかに語りかけているらしい声が静かに聞こえてきている。

「わかりました」

刀を手に、平格はすっくと立ち上がった。そのいかにもきびきびとした動きを目の当たりにした患者たちから、おう、という嘆声とため息が漏れた。

実際、ここ最近ずっと続いていた体の重さは、今はほとんど覚えない。急に若さを取り戻したような感じだ。

そんな平格を見て、重三郎がうれしそうに笑う。

「威風あたりを払うといいますが、まさに今の月成さんのためにあるような言葉ですね」

「とんでもない」

平格はあわてていった。

「それがしには威厳などありませぬ」

「そのようなことはありません。月成さんはまこと威風堂々としていらっしゃいますよ」

その重三郎の言葉に、患者たちが大きくうなずいた。

――威風堂々か。蔦屋さんにいわれようと、俺とはまったく無縁の言葉だな。

「では蔦屋さん、まいりましょう」

額に浮き出た汗を平格は手ふきでぬぐって、重三郎をいざなった。

「月成さん、照れていらっしゃいますね」

「ええ、まあ」

ごまかすことなく平格はいった。

「いかにも月成さんらしい」

にこりと笑んで重三郎が三和土《たたき》の前に立つ。

「はて、手前の雪駄《せった》はどこだったかな」

「ああ、こちらですよ」

先に三和土に下りて自分の雪駄を履いた平格は、上がり框《がまち》に手をかけた。少し力を入れると、上がり框ががたりと音を立てて外れた。そこは下駄箱になっており、いくつもの履物がしまわれている。

「ああ、そんなからくりになっていたのですか」

「ええ、いい工夫でしょう。――蔦屋さんのは、これでしたね」

ほかのものより明らかにつくりがしっかりしており、どこか洗練されている感じの雪駄を平格は手にした。

「ああ、はい、それです」

うなずく重三郎を見て平格は、雪駄を三和土にそっと置いた。

「ああ、ありがとうございます。月成さんに下足番のような真似《まね》をさせてしまい、申し訳ありません。身が縮むような思いです」

「いや、そんなこと、気にされずともよいのですよ。別に蔦屋さんのためでなくとも、それがしはこのくらい、いつもしておりますからね」

「畏《おそ》れ入ります」

頭を下げて重三郎が雪駄を履いた。

「では蔦屋さん、まいりましょう」

障子戸を開ける前に平格は一応、外の気配を探った。重三郎の命を狙《ねら》うような輩《やから》の気配がないことを確かめてから、障子戸を横に動かした。敷居を越えて路上に立つ。さすがに日本橋だけのことはあり、目の前の通りを大勢の者が行きかっている。刀を腰に差しながら平格はあたりに眼差しを投げた。

――刀を帯びると、さすがに体に芯《しん》が通ったような気分になるな。

俺は根っから侍なのだな、と平格は思いつつ、身じろぎ一つせずにじっとあたりの様子を観察していた。

やがて、ふっ、と息をつくと、振り返って三和土に立っている重三郎を見た。

「この付近には、蔦屋さんを狙う者はおらぬようです」

穏やかな声で平格は重三郎に告げた。

「ああ、さようですか」

安堵の息を吐いた重三郎がにこやかにうなずき、外に出てきた。障子戸をそっと閉めて、平格に目を当ててくる。

「月成さんほどの遣い手が、そばにいてくださる。このことは手前にとって、千人力としかいいようがありません」

――蔦屋さんは、本心からおっしゃっているようだ……。

重三郎からこれほどまでに頼りにされて、平格は生き甲斐《がい》を感じた。体を軽くしているのは、これかもしれない。

「いえ、蔦屋さんをお守りするのは、それがしの当然のつとめですよ」

重三郎の用心棒をしていることが誇らしく、平格は胸をぐいっと張った。

「ありがとうございます」

感謝の意を面に浮かべ、重三郎が辞儀した。平格は、ところで蔦屋さん、と声をかけた。

「脇腹の傷は本当に大丈夫ですか。立ち話のみでまだ歩いてはおりませぬが、痛みはありませぬか」

平格は重三郎のことを気遣った。重三郎が右の脇腹にそっと触れる。

「はい、なんともありません」

その表情からして、重三郎は強がりでもなくいったようだ。

「それはよかった」

平格は顔をほころばせた。

「庵貫先生の手当が素晴らしかったのですね。――それで蔦屋さん、今からどうされますか。いったんお店に戻られますか」

「いえ、そのつもりはありません」

強い声音で重三郎が否定する。

「では、もしやこのまま探索に出るおつもりですか」

驚きを隠すことなく平格はきいた。

「ええ、そのつもりですよ」

平格をじっと見返して、重三郎が断ずるようにいった。

「いったい誰《だれ》がなんのためにあの頭巾《ずきん》の浪人を使って、手前の命を狙ったのか、一刻も早く知りたくてならないのです。それに、できるだけ早く動かないと、頭に残っているにおいを忘れてしまうのではないか、という懸念《けねん》もあります」

「えっ、頭に残っているにおいですか」

なんのことかわからず、平格は意表を突かれた気分だ。

「あれ……」

平格の表情を見て、重三郎が意外そうな顔になった。

「あの、薬のにおいの件、月成さんにお話ししておりませんでしたか」

「ええ、薬のにおいというのは、うかがっておりませぬ。初耳ですね」

「さようでしたか。それは迂闊《うかつ》なことを……」

とを語った。

顔をしかめた重三郎がすぐさま、頭巾の浪人から漂っていた薬湯らしいにおいのこ

「あの薬湯のようなにおいは、まちがいなく頭巾の浪人の着物から、におっていたのでしょう」

「浪人の着物に、薬湯のにおいがしみついていたということですか」

「ええ、そういうことだと思います」

そういえば、と平格は一つの光景を思い出した。

「それがしが呼ばれてここにやってきたとき、蔦屋さんは薬種関係の書物をお読みになっていましたね。あれは、その薬のにおいについてお調べになっていたのですね」

「まさしくおっしゃる通りです」

重三郎が大きくうなずいた。

「手前が読んでいたのは、庵貫先生からお借りした書物ですよ」

「あの書物に、なにか手がかりになりそうなことが書いてありましたか」

勢い込んで平格はたずねた。

「手前を襲ってきた晩、あの頭巾の浪人は、ひどく咳《せ》き込みました。それでそれがしは助かったようなものですが、おそらく肺の臓が悪いのではないかと手前は思い、そ

のあたりのことをじっくりと読んでみたのです」

重三郎がいったん言葉を切った。

「しかし、これだという薬は、あの書物には載っていませんでした」

「それは残念でしたね。蔦屋さんは、頭巾の浪人からにおっていた薬について、庵貫先生にきかれたのですか」

「ええ、ききました」

重三郎がすぐに言葉を続ける。

「甘いような、どこか鼻の奥を突くようなところもあり、そんな薬に心当たりがないか、庵貫先生におたずねしましたが、申し訳ないがわからんなという返答でした」

この世には、数え切れないほどの薬があるはずだ。そのすべてを知っている医者など、捜すほうが難しいだろう。

「それで蔦屋さん——」

背筋を伸ばして平格は呼びかけた。

「その薬のにおいを下手人探索の手がかりにするとして、まず足を運ぶのは薬種問屋になりますか」

「手前はその気でいます」

平格を見つめて重三郎が顎を引いた。

「手前が、あの薬のにおいを嗅いだのは初めてでした。あくまでも手前の勘ですが、あの薬はそうたやすく手に入る類《たぐい》の薬ではないような気がいたします。ですので、きっと頭巾の浪人の居どころを捜し出す手がかりとなってくれるのではないかと、考えています」

なるほど、と平格は納得してうなずいた。

「その薬を扱っている薬種問屋も、さほど多くはないはずと、蔦屋さんはにらんでいるわけですね」

はい、と重三郎が答えた。

「頭巾の浪人からにおっていたあの薬は、きっと高価で稀少《きしょう》なものではないかと思っています。ですので、あの薬を服用している者も、きっと多くはないでしょう」

「その薬を扱っている薬種問屋を見つけ出すことができれば、頭巾の浪人に迫ることができるのではないか。そういうことですね」

「ええ。薬種問屋がじかに頭巾の浪人に販売しているか、それとも頭巾の浪人がかかっている医者に卸《おろ》しているのか、そのあたりはまだわかりませんが、薬さえ突き止めることができれば、さほど時をかけることなく頭巾の浪人の身元が割れるのではないかと、手前は踏んでいます」

――頭巾の浪人は、高価な薬代ほしさに蔦屋さん殺しを請け負ったのかもしれぬな……。

そんな考えを平格は抱いた。

「薬のにおいから頭巾の浪人の居どころを見つけ出す。余人には、なかなか考えつくことではありませぬ。蔦屋さんなら、必ずや頭巾の浪人を捜し出し、その背後にいる者も暴き出すでしょう。それがしは確信しております」

平格の力強い言葉がうれしかったか、重三郎がにこやかに笑んだ。

「月成さんにそうおっしゃっていただけると、泉のごとく力が湧《わ》いてきますよ」

「それは重畳《ちょうじょう》」

重三郎の笑顔につられて平格も笑った。

「では蔦屋さん、探索を開始しますか」

「ええ、はじめましょう。あの薬のにおいが頭から消える前に、なんとしても、薬種問屋を探し出したいですからね」

真顔になった重三郎が力むようにいった。

「蔦屋さん、どこの薬種問屋から行きましょうか」

笑みを消して平格は重三郎にきいた。

「蔦屋さんは、これぞという薬種問屋に心当たりはありますか」

「いえ、心当たりはほとんどありません。とりあえず日本橋にある薬種問屋を虱潰《しらみつぶ》しに当たりたいのですが、月成さん、それでよろしいですか」

「もちろんですよ」

快諾した平格は面を上げて、あたりを見渡した。

「蔦屋さん、あそこに一軒、薬種と看板が出ています。あの店からにしますか」

大通りを挟んだ斜向《はすむ》かいに、一軒の薬種問屋が見えている。輝養堂から半町ばかり離れた場所である。

「いえ、あそこはやめておきましょう」

かぶりを振って重三郎がいった。えっ、と平格はいぶかしんだ。

——なぜ蔦屋さんは、あの薬種問屋を訪れぬのか。

さして考えるまでもなく答えは出た。

——あの薬種問屋は輝養堂と目と鼻の先にある。そうである以上、庵貫先生と懇意にしているにちがいあるまい。もしあの薬種問屋に目指す薬があるのなら、蔦屋さんが薬についてたずねたのに庵貫先生がまったく知らぬということはないと、蔦屋さんは考えたのではないか。

確かにその通りだな、と平格は納得した。あの薬種問屋を訪れたところで、ときを無為に費やすことになりそうですね」

「蔦屋さん、よくわかりました。あの薬種問屋を訪れたところで、ときを無為に費やすことになりそうですね」

ええ、と重三郎がいった。

「手前が、薬についてきいたときに庵貫先生があの薬種問屋についてなにもおっしゃらなかったということだけでなく、実は、手前はあの薬種問屋の暖簾《のれん》を、つい最近くぐったばかりなのですよ。あの薬種問屋には、よく効く風邪薬《かぜぐすり》があるという話でしたので……。いま思い出しても、あの薬種問屋では、目指す薬のにおいは一切しませんでした……」

間を置くことなく重三郎が続ける。

「薬種問屋ではいろいろな薬種が混ざってにおっているはずなのに、その薬のにおいだけを、まるで取り出したかのように嗅ぎ分けられるのかという疑問を、月成さんは持たれるかもしれませんね」

「いえ、そういうことはありませぬ」

間髪《かんはつ》容れずに平格は否定した。

「それがしは、蔦屋さんには余人と異なる力が備わっていることをよく知っています。人知を越えた力というべきか……。ですので、蔦屋さんなら、薬の嗅ぎ分けなど、朝飯前だと思います」

「月成さん、手前にはそのような力はありませんよ。いくらなんでも褒《ほ》めすぎです」

微笑を浮かべて重三郎が手を振る。

「それでも、あの薬種問屋に、目指す薬がないのは確かだと思います」

「蔦屋さんがそうおっしゃるなら、まちがいないでしょう。では、別の薬種問屋に行くことにいたしましょう」

「はい、そうしましょう」

にっこりと笑んで重三郎がいった。

「月成さん。まずは、手前が頭巾の浪人に襲われた場所に近いところにある薬種問屋から、まいることにいたしましょう」

「わかりました。方角はこちらですね」

迷うことなく平格は北を指さした。

「ええ、さようです。しかし、月成さん、よくおわかりですね」

「煮売り酒屋の布留川の場所を、伊知造さんに聞いたのですよ」

「それはなぜきかれたのですか」

「頭巾の浪人が蔦屋さんを襲ったとき、なにか手がかりを残していったのではないか、と思ったのです。それで、ちょっと足を運んでみようかと考えて、伊知造さんに場所をきいたのですよ」

「ああ、そういうことですか」

重三郎は合点がいったような顔だ。

「しかし、あの頭巾の浪人は手がかりなど、なにも残しておらぬでしょうね」

少し悔しそうに重三郎がいった。

「仮に残していたとしても、あのあたりは人通りが激しいところですし、とうに痕跡《こんせき》は消えてしまっているでしょう」

「ええ、そうかもしれません」

平格は重三郎に同意してみせた。

「では、行きますか」

平格は北を目指して歩きはじめた。さすがに日本橋だけのことはあって、今日も常と変わらず大勢の人が行きかっている。

傷を負っている重三郎の身を慮って、平格はゆっくりと歩を進めた。

「月成さん、もう少し速く歩いてもらってもけっこうですよ」

笑いながら重三郎が後ろからいってきた。平格は振り返って重三郎を見た。

なるほど、と平格は思った。重三郎の足取りは思っていた以上に軽い。無理をして歩いているようには思えなかった。

――ふむ、蔦屋さんのいう通りにしても、構わぬかな……。

だからといって、平格は歩調を一気に上げるようなことはしなかった。

――徐々に上げていくのがよかろう。そうすれば、傷に障ることはあるまい。

「一つおたずねしますが、月成さんはお酒はやめられたのでしたね」

まじめさを感じさせる口調で、重三郎が語りかけてきた。

「ええ、やめました」

ちらりと後ろを振り返って平格は答えた。

「蔦屋さん、なにゆえそのようなことをきかれるのですか」

「庵貫先生から、長生きしたかったら酒をやめたほうがよいといわれたのですよ。月成さんがどうやって酒をやめたのか、知りたくて」

「ああ、そういうことですか」

「なんといっても月成さんは久保田さまのお留守居役ですから――」

「いえ、もう元留守居役ですよ」

「ああ、さようでしたね。——他の大名家のお留守居役との付き合いもあって、酒をやめるのは至難の業だったと思うのですが……」

それがそうでもないのです、といって平格はかぶりを振った。

「それがしは、もともと酒が性《しょう》に合っていなかったのですよ。ですので、飲みたくてならぬのを無理にやめたわけではありませぬ」

「ああ、そうでしたか。月成さんは、酒はそんなにお好きではなかったのですね。月成さんとはずいぶん長い付き合いですのに、手前は迂闊なことに、これまでそのことを知りませんでしたよ」

「蔦屋さんの前では、できるだけ酒を飲むようにしていましたからね。実際のところ、それがしはたまにしか、酒がおいしいと思わなかったのですよ。それゆえ、やめるのはなんら苦になりませんでした」

「それはまたうらやましい……」

「蔦屋さんは酒がお好きでしたね」

「ええ、大好きです。ですので、やめるのは相当、難しいですね。庵貫先生によれば、酒は体にひどい悪さをするそうですが、まだどこにも不調を感じているわけではありません……」

「健やかなときに酒をやめるのは、まずもって難しいでしょう。どこか悪いところが出てくれば、やめざるを得ぬのでしょうが……」

「庵貫先生は、体に不調が出る前にやめるほうがよいとおっしゃいました」

「体のためを思えば、そういうことになるのでしょうね」

歩きつつ平格は顎を引いた。ちらりと重三郎を見て言葉を続ける。

「蔦屋さん、なにが自分にとって最も大事なのか、それを問いかけて、はっきりさせるのがよいのではないでしょうか。さすれば、本当に酒をやめるべきなのか、おのずとわかるのではないかという気がします」

「ええ、おっしゃる通りです」

重三郎が相づちを打った。

「庵貫先生も、蔦屋さんにとって最も大事なものはなにか、きいてこられました」

「蔦屋さんはなんとお答えになったのですか」

「手前は、出版だと答えました。出版と酒、どちらが大事か、考えるまでもありません。手前はこの仕事にこれからもずっと携わっていきたい。ですので、すっぱり酒をやめるのが正解だとよくわかっているのですが……」

「なかなか思う通りにいかぬのが、人というものですからね」

「それゆえ、人生というのはおもしろいのですが……」

——それでも、蔦屋さんが酒をやめてくれたら、俺は安心だな。酒が体によくないのは、紛れもない事実だ。

ゆっくりと歩き続けると、左手に薬種問屋が見えてきた。『薬種』と大きな看板が掲げられている。

「あそこに薬種問屋が一軒あります。蔦屋さん、入りましょう」

「ああ、先新屋《せんしんや》ですか」

どこか感慨深さを感じさせる声を、重三郎が上げた。

「中に入ったことはありませんが、店の名は知っていますよ。しかし、こうして改めて眺めてみると、ここに先新屋という薬種問屋があるのは当たり前のような気がしますが、普段はほとんど気にとめることなく、前を通り過ぎてしまっているのがわかります……」

ええ、と平格はいった。

「こういうことでもなければ、もし先新屋が知らぬうちに廃業し、同じ建物で呉服屋が新たに商売をはじめていたとしても、気づかなかったかもしれませぬ」

「ああ、そうですね」

重三郎が同意してみせる。

「たとえば建物がなくなって更地《さらち》にされたときも、そこの場所にどんな建物があったのか、手前はまったく思い出せないのですよ」

「ああ、それは、それがしもまったく同じです。どんなに頭をひねっても、前がなんだったか、決して出てきませぬ」

重三郎とともに平格は、先新屋の暖簾を払い、中に足を踏み入れた。

そこは半間ほどの幅を持つ細長い三和土である。むっ、とするような薬のにおいが濃厚に漂っている。

ちょうど平格の腰の高さに設けられた畳敷きの間が、目の前に広がっている。

畳敷きの間の奥の壁際に、おびただしい引出しのついた薬棚がぎっしりと並んでおり、その前で数人の奉公人らしい男たちが、熱心に薬の調合をしていた。

「蔦屋さん、いかがですか」

目指す薬のにおいがしているか、平格は重三郎に小声でたずねた。

「いえ、ここではにおいはしていないような気がします」

いきなり当たりを引くとは思っていなかったのか、ほとんど残念そうな顔をすることなく、重三郎がいった。

「さようですか。では、このままこの店を出ますか」

「いえ、せっかくですから、目指す薬について、あちらにいらっしゃる人に話を聞いてみたいと思います」

わかりました、と平格はいった。

「あの――」

奉公人たちに向かって、平格は声を投げた。

「いらっしゃいませ」

顔をこちらに向けて、奉公人たちが一斉に挨拶《あいさつ》してきた。

そのうちの若い一人がすぐさま立ち上がり、帳場格子《ちょうばごうし》をどけて前に出てきた。畳敷きの間を突っ切り、平格たちの前に裾《すそ》を払って端座する。

「いらっしゃいませ」

若い奉公人が改めて平格たちに辞儀する。

「なにかお薬をお求めでございますか」

丁寧な口調で若い奉公人がきいてきた。重三郎が一歩、前に進み出る。

「お忙しいところをまことに申し訳ないのですが、一つ、おうかがいしたいことがありまして……」

「はい、どんなことでしょう」

小首をかしげて若い奉公人がいう。

「肺の病の薬だと思うのですが、甘いにおいがしてさらに鼻孔を刺すようなにおいを持つ薬を、こちらは扱っておられますか」

「甘くて鼻の穴を刺すようなにおいの肺の薬でございますか……」

若い奉公人には心当たりがなかったようで、ちらりと後ろを振り返った。

「今ほかの者にきいてまいります。少々お待ちいただけますか」

一礼して立ち上がり、裾を翻《ひるがえ》して若い奉公人が奥に向かった。帳場格子を通り過ぎたところで座し、いかにも練達そうな番頭らしい男に話しかける。

番頭らしい男は若い奉公人の話にじっと耳を傾けていたが、やがて、わからないというように首を横に振った。他の奉公人にも若い奉公人はきいてくれたようだが、答えは番頭と同じだったらしく、全員がかぶりを振ってみせた。

若い奉公人が申し訳なさそうな顔で、平格と重三郎の前に戻ってきた。

「あの、そのようなにおいのする肺の薬ですが、うちでの取り扱いはないようです」

「肺の薬でなくとも、それと同じようなにおいを持つ薬はありませんか」

食い下がるように重三郎が問うた。

「はい、それもきいてみましたが、ないとの返事でした」

「さようですか」

どこかすっきりとした顔で重三郎がうなずいた。

「お忙しいさなかにお手間をおかけしてしまい、相済みませんでした。では、これで失礼いたします」

丁重に頭を下げて、重三郎がくるりと体を返した。

「蔦屋さん、それがしが先に出ます」

重三郎を制するようにいって、平格は静かに暖簾を払った。外に出るやいなや、あたりの気配を探る。

剣呑《けんのん》な雰囲気を漂わせてこちらを見つめているような者は、どこにもいない。いやな眼差《まなざ》しも感じない。

——よし、大丈夫だ。

心中でうなずき、平格は後ろを振り返った。重三郎と目が合う。

「蔦屋さん、おいでください」

まだ三和土に立っている重三郎を平格は手招きした。

寄せてくる。

「ありがとうございます」

謝辞を述べて重三郎が外に出てきた。それを待っていたかのように一陣の風が吹き寄せてくる。

とても気持ちのよい風で、平格の体にまとわりついていた薬のにおいをあっさりと吹き飛ばしていった。

――頭巾の浪人の着物に薬のにおいがしみついているということは、よほど長いこと、同じ薬を使っているのだな……。

そんな考えを平格は抱いた。

「よし、月成さん、次に行きましょう」

張りのある声で重三郎がいった。

「わかりました」

即答したものの、平格は重三郎の体のことが気にかかった。

「蔦屋さん、傷の具合はいかがですか」

「ああ、さようでしたね」

思い出したようにいって、重三郎が右の脇腹にそっと触れる。すぐに笑顔になった。

「触ってもまったく痛くありません。傷が破れたというようなことはないようです」

ほっとしたように重三郎が息をつく。その様子を見て、平格も安心した。

「それはよかった。では蔦屋さん、まいりましょうか」

あたりの気配をもう一度、探ってから平格は足を踏み出した。

それから平格と重三郎は、日本橋界隈《かいわい》の薬種問屋を続けざまに当たっていった。

しかし、どの薬種問屋にも目指す薬はなく、空振り続きだった。

十軒以上も当たって、これぞという手がかりをつかめなかったのだ。

――蔦屋さんは、さぞかし疲労が募《つの》っているのではないか……。

特に、期待を抱いて調べているときになにも得られないと、疲れというのは倍増するものである。

――病み上がりも同然の蔦屋さんに、この結果はだいぶこたえているのではあるまいか。

猪俣屋《いのまたや》という薬種問屋をあとにしたとき、重三郎の身を案じた平格は、ちらりと振り返って顔色をうかがった。

だが、存外に重三郎は平然とした顔で風に吹かれて歩いていた。

「蔦屋さん、傷はいかがですか」

一応、平格はたずねてみた。

「なんということもありませんよ」

ゆったりとした笑みを浮かべて、重三郎が答えた。別に強がっているようにも見えない。表情に疲労の色は微塵《みじん》もなかった。

本当に平気なのだな、と平格は判断した。

――これで刀傷を負って三日目とは、とても思えぬな。やはり俺のような常人とは、体や精神のつくりがちがうのではあるまいか。

いくら気持ちの持ちようだとわかっていても、重三郎は類《たぐ》い稀《まれ》なる精神力の持ち主なのである。

――もし俺が蔦屋さんだったら、もうとっくに弱音を吐いているにちがいない。

だが、重三郎はそんな素振りは毛ほども見せない。

――すごいお方だ。

平格は感嘆せざるを得なかった。

三

蕎麦《そば》切《き》りで遅い昼食をとり、さらに八つ半頃に茶店で四半刻《しはんとき》ほどの休憩を取った。

それ以外の時間は、すべて薬種問屋への聞き込みを続けた。

平格と重三郎の二人は夕刻近くまでに日本橋界隈にある薬種問屋はほとんど当たったが、結局、頭巾の浪人につながる手がかりを得ることはできなかった。

よほどの裏道にあるような薬種問屋は見逃したかもしれないが、そのことについて重三郎は、別にいいでしょう、といって意に介さなかった。

「失礼ないい方になりますが、表通りに店を構えていない薬種問屋に、手前が嗅いだ稀少な薬を扱えるとは、とても思えないのですよ」

なるほど、と平格は思った。

――それは一理あるな。

「それで蔦屋さん、これからどうしますか」

一日中、動き続けてさすがに平格は疲れを覚えているが、重三郎がまだ聞き込みをするというのなら、むろん付き合う気でいる。

――俺のほうが歳《とし》は上といっても、蔦屋さんは刀傷を負っているのだ。俺が音《ね》を上げるわけにはいかぬ。

武家としての意地などではなく、平格は重三郎の役に立ちたいという一心である。

「月成さんはお疲れではありませんか」

平格を気遣って重三郎がきいてきた。

「それがしは大丈夫です」

胸を張って平格は答えた。

「蔦屋さんはいかがです」

「手前もまだまだ動けます」

「ならば、聞き込みを続けましょう」

張り切った声を上げ、平格はすぐに言葉を続けた。

「それがしは、あと少しで頭巾の浪人につながる手がかりをつかめるような気がしてなりませぬ」

ああ、と重三郎がうれしげな声を発した。

「月成さんもそう思っていらっしゃいましたか。実は手前も同じように考えていました」

「ならば、このままがんばってみましょう」

「月成さん、ありがたく存じます。このご恩はいつか必ずお返しします」

「いえ、蔦屋さん、そのようなことをおっしゃらずともけっこうですよ。それがしは、ただひたすら蔦屋さんのお役に立ちたいだけですから」

心に秘めていた思いが、自然に言葉として口をついて出てきた。

「月成さんにそこまでいわれて、手前は天にも昇らんという気持ちですよ」

「蔦屋さん、水を差すわけではありませぬが、喜ぶのは、頭巾の浪人が見つかったときにいたしましょう」

「ああ、それはそうですね。浮かれてしまい、まことに失礼しました」

重三郎が笑みを消し、真顔になる。

「では月成さん、日本橋から出ることにいたしましょう」

ええ、と平格は顎を引いた。

「蔦屋さん、どちらに向かいますか」

「そうですね」

重三郎はほとんど思案しなかった。

「南ですね」

「南のほうに、心当たりの薬種問屋があるのですか」

「いえ、ありません。ただの勘です」

あっさりとした口調で重三郎がいった。

「勘ですか。しかし、蔦屋さんの勘のすごさは、それがし、よく存じておりますので……」

重三郎はそのすさまじいまでの直感に従うだけでなく、何度も頭の中で売り方などの試行を繰り返した上で、これぞという書物を世に送り出してきた。そして、それらのほとんどが目論見通《もくろみ》り、大売れの書物となったのだ。

おそらく『文武二道万石通』や『鸚鵡返文武二道』も同じように熟考したのちに売り出したはずだが、松平定信の締め付けの強さは重三郎が思った以上のものだったのだろう。

このことは重三郎にとって思いもかけないことだったはずで、自分の誤算が平格や寿平を断筆に追い込むまでのことになり、心から申し訳ないという気持ちになっているようなのだ。

重三郎の気性からして、なんとかして平格や寿平に借りを返したいと考えているはずである。

だが平格には、これまで重三郎には手厚い待遇を受けてきたという思いがある。それは、きっと寿平も同じだろう。

だから借りを返すなどということは考えずともよいのだが、重三郎としては、いたたまれない気持ちで一杯なのにちがいない。

——蔦屋さんは悪くない。悪いのは松平定信公だ。政《まつりごと》を風刺されたからといって、いちいち突っついてくるなど、度量がなさ過ぎる。

平格の心の壺に怒りが満ちてくる。またしても松平定信を殺したいという思いが湧《わ》き上がってきた。

「月成さん、どうかされましたか」

いきなり重三郎の声が耳に飛び込んできた。はっ、として平格は我に返って横に立っている重三郎を見た。

「ああ、いえ、なんでもありませぬ」

首を振って平格はしゃんとした。

「月成さん、ずいぶん怖い顔をされていましたよ」

「えっ、ああ、さようですか」

作り笑いをして平格はつるりと顔をなでた。

瞬きのない目で、重三郎が平格を見つめてくる。ふっ、と軽く息をつき、柔らかな笑みを見せた。

「いま月成さんから、肌を突き刺すようなものを感じましたよ。すさまじいまでの気でしたね。もしや今のは殺気ですか」

「殺気……」

肩に力が入っていることに気づき、平格は大きく呼吸をした。

「そうですね。まさしく殺気を発したかもしれませぬ」

「もしや彼《か》のお方《かた》に向けて発したのですか」

「蔦屋さん、彼のお方というのは松平定信のことですね」

重三郎に対してとぼける気は平格にはない。

「月成さん、老中首座を呼び捨てにされましたよ」

少し厳しい顔になり、重三郎が指摘する。

「さすがにそれはおやめになったほうがよいでしょう」

「ああ、さようですね。うっかりしました」

確かにいま俺は呼び捨てにしたな、と平格は思った。これはいかぬ、と反省する。

――心の中でも、必ず公をつけるようにしなくては……。

「蔦屋さん、ではまいりましょう」

気を取り直して平格はいった。南に向かって歩き出す。

――新たな薬種問屋を見つければ、そこできっと手がかりが見つかるのではないか。

平格はそんな気がしてならない。

——今日一日、必死に聞き込みを続けてきたのだ。神さまがそろそろ褒美《ほうび》をくれる気になっても、決して不思議はない。神さまは、力を振りしぼってがんばっている者を見捨てぬはずだからだ。

それに、あと四半刻ほどで日暮れを迎えようとしている刻限である。たいていの店というのは、暮れ六つには閉まってしまうものだ。

灯《あか》りをともす油やろうそくは高価で、店内を煌々《こうこう》と明るくして商売をしても、だいたい割に合わないものである。夜でも明るいのは吉原《よしわら》くらいのものであろう。

——そういえば、吉原にもずいぶん行っておらぬが、あの町も松平定信公のせいで、寂《さび》れてしまっているのだろうか。

そのあたりのことを平格は重三郎にきいた。

「いえ、元気なものですよ」

どこかうらやましそうに重三郎が答えた。

「政の影響はほとんど受けておりません。この先はわかりませんが、今のところ、松平公の矛先《ほこさき》は吉原には向いていないようです」

「それはよかった」

平格は心の底から思った。言葉を続ける。

「今の吉原は、江戸を明るくしてくれる数少ない娯楽ですからね。いや、唯一かもしれませぬ」

「まこと、おっしゃる通りですね」

そんなことを会話しつつ歩いていると、右手に『薬種』と墨書された看板が薄暗くなってきた中、ぼんやりと見えた。

「あそこに薬種問屋がありますね」

声を上げ、平格は道の右手を指さした。

「あっ、本当ですね。店の名は財田屋《さいたや》か」

建物の屋根に掲げられている扁額《へんがく》を読み取ったようで、重三郎がいった。

「財田屋さんなら、聞いたことはありますね。老舗《しにせ》の薬種問屋ですよ」

平格は初めて耳にする店であるが、薬種関係の書物を出版したことがあるのと関係があるのか、重三郎は薬種問屋の名はよく知っているようだ。

財田屋の店先には、まだ暖簾がかかっている。

「まだ店は開いているようですね。蔦屋さん、入りましょう」

ここで必ず手がかりが見つかる、という確信をすでに平格は持っている。気持ちが急《せ》いてならない。

「失礼します」

中に声をかけてから平格は暖簾を払った。

「どうぞ」

平格は先に重三郎を入らせ、自身もすぐに続いた。

そこは四畳半ほどの三和土になっていた。

「これは……」

重三郎のつぶやきが聞こえ、平格は目を向けた。重三郎が目をみはっている。

「もしやにおいがするのですか」

期待をこめて平格は重三郎にきいた。

「いろいろと薬種のにおいが混じって、あの頭巾の浪人に染みついていたのと、まったく同じとはいいませんが、ここまで近いのは、初めてですよ」

やはりここだったか、と思い、平格はぎゅっと拳《こぶし》を握り締めた。

「いらっしゃいませ」

明るい笑顔の手代らしい男が、一段上がった畳敷きの間をするすると滑るように寄ってきた。平格たちの前で端座する。平格を見て、おや、という顔つきになった。

——むっ、これはなんだろう。武家が来るのが珍しいのだろうか……。いや、そんなことはあるまい。

目の前の男を見つめて平格はいぶかしんだ。

「あの、岩沢屋《いわさわや》さんでございますか」

いきなり手代らしい男にきかれて、平格は面食らった。

だが、重三郎は落ち着いたものである。

「いえ、ちがいますが……」

穏やかな声で重三郎が否定する。

「ああ、お客さま方は岩沢屋さんではないのですね。これは失礼いたしました」

頭を下げたものの、手代らしい男はどうやら落胆したように見えた。

「岩沢屋さんという方が、見えることになっているのですか」

少し首をかしげて重三郎がきく。

「さようです。うちで売っている眼病の薬を、取りに見えるということで、ずっと待っているのですが……」

「ああ、そうなのですか。薬を……」

「実をいえば、普段はもう店は閉めている刻限なのですよ。しかし、薬を必要としているお客さまのためですから、いらっしゃるまでお待ちいたしますが……」

きっと腹も空《す》いているのだろうな、と平格は若い男のことを少し気の毒に思った。店内には奉公人らしい者はほかにはおらず、どこか閑散としていた。先輩の奉公人たちはこの手代らしい男に仕事を押しつける形で、すでに奥に引き上げたということなのだろう。

つまり、と思って平格は納得した。

——この手代らしい男が先ほど俺を見て、おや、という顔をしたのは、岩沢屋さんになぜ武家がついているのか、と意外に感じたゆえか……。

「それで、お客さま方は、どのようなご用件でございますか」

少し平格たちに顔を近づけて、気を取り直したように手代らしい男がきいてきた。

「あなたさまは手代さんですか」

にこにこと笑んで重三郎がたずね返した。

「はい。手代の海老吉《えびきち》と申します」

どこか疲れたような声で名乗ってきた。

「海老吉さんですか。手前は蔦屋重三郎と申します。どうぞ、お見知り置きを」

蔦屋さんが自ら名乗るのも珍しいな、と平格は思った。これは、人に知られた名を使うことで、これからの交渉がうまく進むようにという狙いがあるからではないか。

平格は、そうにらんだ。

案の定というべきか、その重三郎の言葉を聞いて海老吉が、えっ、という顔になった。

「あの高名な蔦屋重三郎さんですか」

重三郎をまじまじと見て海老吉がきいた。

「高名かどうかわかりませんが、版元を生業《なりわい》にしております」

「いえ、すごく有名ですよ」

気負い立ったように海老吉がいった。

「江戸で蔦屋さんの名を知らない人は、いないんじゃありませんか。いたら、それは江戸っ子とはいえません。ただのもぐりですよ」

それを聞いて重三郎が苦笑したが、すぐに真剣な面持ちになった。前に出て、海老吉に告げる。

「実は、手前はある薬を探しているのです」

「あの、どのような薬でしょう」

「薬の名はわかりません。甘ったるいにおいで、鼻孔を突き刺すようなにおいも併せ持つ薬です。肺の病の薬ではないかと、素人ながら手前は勝手ににらんでいるのですが……」

「肺の病の薬ですか。甘ったるい反面、鼻の穴を突き刺すようなにおいもある薬……」

うつむいて海老吉はしばらく思案していたが、ああ、と声を上げて重三郎を見つめた。

「ありますね」

確信のこもった声音で海老吉がいった。

「なんという薬ですか」

間髪容れずに重三郎がたずねる。

その語調の強さに、海老吉が驚きの表情になった。ごくりと喉仏を上下させてから、口を開く。

「あれは労咳《ろうがい》の薬です」

やはりそうなのか、と平格は思った。

──蔦屋さんの見立て通りではないか。

蔦屋重三郎という男は、大したものだというしかない。

「南蛮《なんばん》渡りの亜瀬虎散《あせとらさん》という薬が基になったもので、この国で工夫が凝らされた上、別の名で売られています。吉抗林散《きっこうりんさん》といいます」

　むろん平格は初めて聞く名である。

　意気込んで重三郎が海老吉に問う。

「その吉抗林散という労咳の薬は、こちらのお店にあるのですか」

「はい、ございます。ただ――」

　言葉を切って海老吉が顔をしかめた。

「吉抗林散は店に入ってくる量が著しく少ないために、今ほしいとおっしゃられても、はい、わかりました、とお渡しできるような薬ではございません」

　このことも、と平格は思った。

――希少な薬と見抜いた蔦屋さんの見込み通りではないか。

　すぐに重三郎がかぶりを振った。

「いえ、手前は、その薬がほしいわけではないのです。どんなにおいがするのか、まずは嗅がせてもらいたいのです。海老吉さん、よろしいですか」

「えっ、それはどういうことでしょう」

　びっくりしたように海老吉がいった。目をみはって重三郎を見ている。

「実はこういうことがありまして……」

三日前の晩、頭巾の浪人に襲われたことを、すぐさま重三郎が語った。

「えっ、蔦屋さんが襲われたのですか」

仰天して海老吉がきく。

ええ、と重三郎がうなずいた。

「その頭巾の浪人の着物には、薬湯らしいにおいが染みついていました。手前は、それを嗅ぎ取ったのです」

「そういうことでございますか」

「その件は、すでに御番所にも通報済みで、お役人が探索してくれているはずです」

「御番所の役人が、お調べになっているのですか。あの、それでも蔦屋さん自らお調べになろうということなのですか」

はい、と強い語調で重三郎が答えた。

「どのような男が、いったいなぜ手前を襲ってきたのか、一刻も早く知りたいのです」

「それは、商売柄ということですか」

海老吉に問われて重三郎が微笑してみせる。

「そういうことになりますね。早く知らないことには、この身が落ち着かないといいますか……」

あの、と海老吉がおずおずといった。

「蔦屋さんは、蔦屋さんを襲った浪人の着物に染みついていた薬が、吉抗林散ではないかとおっしゃるのですね」

「今のところ、そうかもしれないということに過ぎませんが。——海老吉さん、吉抗林散は煎《せん》じて飲む薬ですか」

「散薬、つまり粉薬ですので、そのまま飲むものです。しかし、途轍《とてつ》もなく苦いものですから、いったん湯に落とし込んで溶かし、煎じるようにして飲んでいる方もいらっしゃるようです。そのほうが、苦みが減じて飲みやすいようなのです」

煎じ薬のように飲んでいる者がいるのか、と平格は思った。

——蔦屋さんを襲った頭巾の浪人も、そういう飲み方をしているのかもしれぬ……。

「海老吉さん、どうか、吉抗林散を嗅がせていただけませんか」

両の瞳《ひとみ》に力を宿しつつ、重三郎が丁重に申し出る。

「は、はあ」

弱ったように海老吉が眉根《まゆね》を寄せた。それを見て平格は深く腰を折った。

「どうか、お願いします。この通りです」

「あっ、月成さん」

不意を突かれたような声を重三郎が上げた。その重三郎の言葉を聞いて海老吉がまたも、えっ、という顔になった。

「月成さんというのは、もしや俳号でございますか」

いきなり海老吉にきかれて平格は戸惑ったが、すぐさま首を縦に動かした。

「ええ、そうですが……」

「あの、黄表紙作家の朋誠堂喜三二さんが月成さんという俳号を用いていると聞いたことがあるのですが、もしや……」

「ええ、それがしは朋誠堂喜三二ですよ」

海老吉を見つめて平格は認めた。ええっ、と海老吉が驚嘆の声を発する。まじまじと平格を見てきた。

「あの、手前は朋誠堂さんがこれまで出された書物は、すべて読ませていただいております」

「それはありがとうございます。うれしいですよ」

――だが、海老吉さんは二度と俺の新作を目にすることはないのだ。

くそう、と平格の中でまた無念の思いが満ちてきた。

「しかし、すごい」

目を丸くして海老吉がいった。

「まさかここで朋誠堂喜三二さんに会えるだなんて。これは、岩沢屋さんに感謝しなければいけませんね」

「ああ、そういうことになりますね」

にこやかに平格はいい、すぐに目の前の若い手代に呼びかけた。

「あの海老吉さん。どうか、吉抗林散を嗅がせていただけませんか」

「あっ、はい、わかりました」

顔を上気させて海老吉がうなずいた。

「少々お待ちいただけますか」

一礼してすっくと立ち上がり、海老吉がその場を去った。

「月成さん、ありがとうございます。助かりました」

小声で重三郎が礼をいってきた。

「まさか海老吉さんがそれがしの作品を、すべて読んでくれているとは、思いも寄りませんでした。偶然に感謝ですね」

「手前は、物事に偶然はないと考えています。ですので、ここに海老吉さんという月成さんの黄表紙を愛読してくださる人がいたのは、きっと運命だったのでしょう。実にありがたいことです」

海老吉は、奥の壁際に置いてある薬棚をしきりに探っている。やがて一つの紙包みを手に戻ってきた。

「お待たせしました。こちらでございます」

平格たちの前に端座するやいなや、海老吉が紙包みを差し出してきた。

「失礼します」

頭を下げてから紙包みを手に取った重三郎が、即座ににおいを嗅ぐ。目を輝かせて、すぐに大きくうなずいた。

「まちがいありません。これです」

確信のある顔で重三郎がいった。

「蔦屋さん、やりましたね」

平格は素直に重三郎をたたえた。刀傷を脇腹に負っているにもかかわらず、重三郎はへこたれることなく、ここまでがんばってきた。賞賛に値する働きといってよい。

「はい、やりました」

頰《ほお》に赤みの差した重三郎が、感激の面持ちで平格を見る。

「月成さんも嗅ぎますか」

重三郎に勧められ、平格は紙包みを手にした。鼻のそばに持っていく。

甘いにおいが濃厚にしている。鼻孔を刺すようなにおいというのはほとんど感じないが、苦みを覚えさせるものはある。これが吉抗林散を薬湯のようにしたとき、鼻孔を刺すにおいに変わるのかもしれない。

「かたじけない」

嗅ぎ終わるや、平格は紙包みを海老吉に返した。

「はい、ありがとうございます」

ほっとしたような顔で、海老吉が紙包みを受け取る。

「この吉抗林散は高価な薬ですか」

さらに重三郎が海老吉に問うた。

「はい、とても高価です。この包み一つで二分もしますから」

それは高いな、と思って平格は腰が伸びそうになった。

——二つで一両ということではないか。

庶民には、とてもではないが、たやすく手が出る値ではない。

——薬九層倍《くすりくそうばい》というが、ほとんどは財田屋の儲《もう》けになるのだろうか。

そのことをきいたところで、さすがに海老吉も答えないだろう。

「こちらで吉抗林散を買われている方で、浪人はおりますか」

新たな問いを重三郎が放つ。うっ、と海老吉が詰まった。

その海老吉の様子を目の当たりにして平格は、まちがいなくそういう浪人がいるのだな、と思った。

気弱そうな目で海老吉が重三郎と平格を交互に見る。

「あの、まことに申し訳ないのですが、いくら蔦屋さんと朋誠堂喜三二さんといえども、お得意先のことをお話しするわけには……」

「こちらの得意先に、そういう浪人がいるのですね」

海老吉の言葉を遮るように、重三郎がずばりといった。いつも人の話を最後まで聞く重三郎としては、珍しいことだ。

「その得意先の浪人は、どうやってそれほど高価な薬代を工面しているのですか」

なおも重三郎がたずねる。

「あの、それはわかりません」

困ったように海老吉が答えた。

「その浪人は、どこに住んでいるのですか。近所ですか」

たたみかけるように重三郎がきく。

「えっ、それは……」

辛《つら》そうに海老吉がうつむく。

「海老吉さん――」

真摯《しんし》な声で重三郎が呼びかけた。

「先ほどもお話ししたように、その浪人は手前を襲った犯罪人かもしれないのです」

強い口調で重三郎がいった。

「その浪人の居場所を海老吉さんが教えてくれないのなら、手前は御番所に改めて通報するしかありません。そうすると、御番所からお役人が事情を聞きに、こちらにやってきます。そのとき海老吉さんは、その浪人について必ず話さなければなりません。必ずです。ですから、いま話そうとあとで話そうと、結局は同じことなのですよ」

「遅かれ早かれ、ということなのですね……」

ため息をつきたげな顔で海老吉が下を向く。

「さようです。海老吉さん」

重三郎が、海老吉にとどめを刺すようにいった。

「話してくださいますか」

それでも、しばらくのあいだ海老吉はうつむいたまま、じっと黙っていた。しかし決意したように面《おもて》を上げ、重三郎を見つめた。

ぎゅっとまぶたをかたく閉じてから、再び目を開け、海老吉が深くうなずいた。

「わかりました」

ついに海老吉がいった。やった、と平格は小躍りしたい思いにとらわれた。

「吉抗林散をよく購入されているご浪人は、ここから三町ほど離れた木挽町《こびきちょう》一丁目の一軒家に住んでいらっしゃいます」

「場所を詳しく教えてもらえますか」

わかりました、といって海老吉が道順を語った。平格は道筋を頭に叩《たた》き込んだ。

「その浪人の名は、なんというのですか」

さらに重三郎が海老吉に問うた。

「洛東周五郎《らくとうしゅうごろう》さんとおっしゃいます」

洛東とは、と平格は思った。

――これはまた珍しい名ではないか。

「吉抗林散を服用しているのは、その洛東という浪人ですか」

海老吉に目を据えて重三郎がたずねる。

「いえ、洛東さまのご内儀でございます。ご内儀が、もう長いこと労咳を患っておられておりまして……」

洛東周五郎がもし重三郎を襲った下手人だとして、ひどく咳き込んでいたのは、病を妻からもらってしまったということか。

「ご内儀が長く患っているのならば、洛東という人は相当の大金をこれまで費やしたのでしょうね」

確かめるように重三郎が海老吉にいった。

「そうだと思います。しかし洛東さまは、ご内儀のために、一所懸命にお金を工面されているようでございます。毎月一度、欠かすことなく吉抗林散をお求めになりに見えますので……」

――労咳で長患いといえども、内儀がいまだに存命なのは、やはり吉抗林散という高価な南蛮渡りの薬が、効き目をあらわしているということか……。

そんなことを平格は思った。

「その洛東周五郎という浪人は、どんな人ですか」

穏やかな声で重三郎が海老吉にきいた。

「さようですね」

唇を湿《しめ》してから海老吉が話し出す。

「よいお方だと思います。いつもにこにこと笑みを絶やさずにいらして。それに、ご内儀のことをとても大事にされています」

――そういう男が刺客として、蔦屋さんの命を狙ったのか。やはり金のためだろうか。そうとしか思えぬ。

「剣は遣うのですか」

これは平格がきいた。

「前に小耳に挟んだことがあるのですが、どこかの道場の師範代をしていたという噂があります」

「道場の師範代か……」

蔦屋さんはよく襲撃を逃れられたものだ、と平格は思った。もし頭巾の浪人が咳き込まなかったら、まず命はなかっただろう。

――蔦屋さんは、やはり強運の持ち主としかいいようがない。

平格は頼もしい思いで、横に立つ重三郎を見つめた。

四

ありがとうございました、と丁寧に海老吉に礼をいって、平格は財田屋の暖簾を外に払った。

——もうすっかり夜だな。

中で海老吉と話しているあいだに、夜のとばりが下りてきていた。

江戸の町は暗く、財田屋から漏れる灯りがあるにもかかわらず、平格は足元が見えにくくなっていた。

——これも、歳を取ったせいなのか。

若い頃は、どんなに暗くても、足元がぼやけて見えるようなことは、なかったような気がする。

「月成さん、どうされました」

後ろから重三郎がきいてきた。

「ああ、いえ、なんでもありませぬ……」

さようですか、と重三郎がいった。

「しかし月成さん、いつの間にか夜が来てしまいましたね。時がたつのは早いものです」

「まったくです」

折りたたんだ提灯《ちょうちん》を懐から取り出し、平格は手際よく火をつけた。あたりが、ぽっと明るくなる。

提灯を掲げ、近くに怪しい者がいないか、平格は気配を嗅いだ。

――いま俺たちは、蔦屋さんを襲った頭巾の浪人かもしれぬ洛東周五郎という男のそばに、来ているのだ。

道場の師範代をしていたというくらいだから、周五郎は剣の達人といってよいのだろう。それだけの遣い手である周五郎が、もし殺しを生業にしているのなら、なおさら警戒を怠るわけにはいかない。

なにしろ、その手の者は異様なまでの勘を持っているからである。身の危険を感じたら、狼《おおかみ》のようにためらいなく動き出すはずだ。ゆえに、周五郎がいま平格たちの間近まで来ていても決しておかしくはないのである。

――ゆえに、念には念を入れて、蔦屋さんを警護しなければならぬ。決して油断するわけにはいかぬのだ。

身じろぎ一つせずに平格はあたりに眼差しを放った。しばらくじっと闇《やみ》を見据えていたが、身をひそめているような者はいなかった。

――ふむ、蔦屋さんを狙っている者はどこにもおらぬ。

確信した平格は振り返った。

「蔦屋さん、おいでください」

「月成さん、助かります」

明るい声音でいって、重三郎が財田屋の敷居を越えて外に出てきた。

「海老吉さん、ありがとうございました」

腰を折って重三郎が礼を述べる。名残《なごり》惜《お》しいのか、海老吉は平格たちを見送るためにずっとそこに立っていた。

「いえ、思いもかけずお二人にお目にかかれて、とてもうれしかったですよ」

「海老吉さん、早く岩沢屋さんが見えるといいですね」

「来ていただきたいですね。さすがに待ちくたびれました」

それでも、海老吉の顔は疲れなど感じさせず、生き生きとしている。平格たちを見る瞳がきらきら光っていた。

「では月成さん、まいりましょう」

はい、と答えて平格は提灯を下げて歩きはじめた。後ろを重三郎がついてくる。

「月成さん――」

財田屋から半町ほど行ったところで、重三郎が声をかけてきた。

「洛東周五郎という浪人が、手前を襲った下手人だと思われますか」

「そうだと思います」

そのことを平格はすでに確信している。

「洛東周五郎という浪人の金回りのよさが、そのことを裏づけているような気がします。洛東という浪人が、吉抗林散を入手できるだけの大金をいったいどうやって得ているのか。道場の師範代や日傭取《ひようと》りでは決して得られぬでしょう」

「洛東という浪人は、殺しを生業としているのではないかということですね」

「ええ、そういうことです」

やはりそうか、という重三郎のつぶやきが平格の耳に届いた。

「高価な吉抗林散を手に入れ続けるために、殺しに手を染めはじめたのでしょう」

「ご内儀のためにか」

重三郎の声はどこか呆然としているように、平格には聞こえた。

「ご内儀は、亭主が裏でなにをしているのか知らないのでしょうか」

さらに重三郎がきいてきた。

「さて、どうでしょう」

首をかしげて平格はいった。

「洛東周五郎という浪人が、裏の生業のことを内儀に話しているとは思えぬのですが、さすがに吉抗林散が高価な薬であることは、内儀も知っているでしょう。だとすれば、ただの浪人に過ぎぬ夫が、どうやって吉抗林散という高価な薬を入手できるだけの大金を稼いでいるのか、そのことはすでに見抜いているのではないかという気がします」

「特に女の人は勘が鋭いですからね」

ええ、と平格はいった。

「夫が大金を稼ぐとしたら、剣の腕を用いるしかないのも、内儀はきっとわかっているでしょう」

そうでしょうね、と重三郎が相づちを打った。

「浪人の身でといってはなんですが、長屋ではなく一軒家に住んでいることからも、洛東という浪人の金回りのよさが、はっきりしていますね」

「ええ、蔦屋さんのおっしゃる通りです」

その直後、平格は足を止めた。すぐさま提灯を吹き消す。

あたりは深い闇に包まれ、平格はどこか頼りないような気分に襲われた。すぐに両肩を上下に動かし、しゃんとする。

——今からが勝負だ。しっかりしろ。

平格は自らに強くいい聞かせた。

「月成さん、着きましたか」

後ろから小声で重三郎がきいてきた。

「ええ、着きました。海老吉さんの言が正しければ、その家がそうです」

ささやき声でいって、平格は五間ほど先に建っている家を指さした。

建坪が三十坪はあるのではないかと思える平屋の建物で、さほど新しくはないようだが、造りはしっかりしているように感じた。

明かりが灯《とも》っているようには見えないが、それは戸締まりがしっかりされているからではないか。

「けっこう広い家ですね」

平格に肩を並べるようにした重三郎が、洛東という浪人の家をじっと見る。

「浪人の家としては、破格でしょう」

「洛東という浪人はどうでしょうか」

「四部屋は優にありそうな感じですね。持ち家でしょうか」

「火事が怖いですから、それがしがもし町屋に住むなら借家にしますが、洛東という浪人はどうでしょうか」

「きっと借家でしょう。さすがに、家が買えるだけの金はないような気がします」

　重三郎の言葉に、平格は納得した。

「ああ、ほとんどの金は薬代に回ってしまいますか」

「ええ、そういうことになりましょう」

　なおも重三郎は家を見つめ続けている。

「洛東という浪人は、いるでしょうか。灯りは見えませんが……」

「いると思います」

　平格は断じるようにいった。

「今わかりましたが、人の気配がしています。中で人の動いている気配が伝わってきました」

　洛東にこちらの気配を気取られはしなかったか、と平格は危惧《きぐ》したが、どうやらそうではなさそうだ。洛東か内儀が厠《かわや》にでも立ったのではないかと思えた。

「月成さん、行きましょう」

決意の籠《こ》もった声で重三郎がいった。

「ここまで来て、ためらってはいられません。前に進みましょう」

決然さを感じさせる気が重三郎の体から放たれているのを、平格は覚えた。

――これも殺気の一つなのだろうか。

そんなことを考えつつ、わかりました、と平格は答えた。

「では、まいりましょう」

刀の鯉口《こいぐち》を切って、平格は足を踏み出した。

「蔦屋さん、それがしが中に声をかけます。決して無茶はされぬようにしてくださ
い」

足を運びつつ、平格はささやき声で重三郎に注意を与えた。

「ええ、よくわかっています」

押し殺した声で重三郎が返してきた。

「このときのために、手前は月成さんに用心棒についていただいたのです。無茶など、
決してしません。ご安心ください」

「わかりました」

平格たちはすでに洛東夫婦の住む一軒家に一間ほどまで迫っている。

「においがします」

つぶやくように重三郎がいった。

「例の吉抗林散ですか」

小さく振り向いて平格はたずねた。ええ、と重三郎がうなずいた。

「それがしはまるで感じませぬが、蔦屋さんはおわかりなのですね」

「ええ、はっきりとわかります」

蔦屋重三郎という人は、と平格は思った。

——嗅覚《きゆうかく》もすごいのだな。

薬のにおいで頭巾の浪人を追うと宣したときも、同じことを平格は思ったが、改めて舌を巻くしかない。

——この嗅覚をもって、大当たりする書物を、蔦屋さんは次々に刊行してきたともいえるのではないか……。

平格は足を止めた。ほんの半間先に戸口が見えている。

板戸の向こう側に人が立っておらぬかどうか、平格は心気を静めて確かめた。もし洛東という浪人が、平格たちがそこにいることに気づいており、抜き身を手にしていたら。

平格が中に声をかけた途端、洛東という浪人が板戸を刀で貫き通してくるようなことがあったら、目も当てられないではないか。

剣の達人の不意打ちのような突きは、と平格は思った。

——今の俺では、よけられぬかもしれぬ。

なにしろここ最近は剣の稽古《けいこ》も怠《なま》けているのだ。真剣どころか木刀すらも握っていない。体はなまり放題といってよい。

——こんなことで、もし洛東という浪人と戦いになったとき、蔦屋さんを守り切れるだろうか。

さすがに平格は危惧を抱かざるを得ない。

——ふむ、おらぬようだ。

かなり念を入れて板戸の向こう側の気配を嗅いでみたが、そこには誰も立っていないという確信を平格は得た。よし、と気合を入れて半歩、踏み出す。

「では蔦屋さん、訪《おとな》いを入れます」

低い声で平格は重三郎に告げた。

「お願いいたします」

ささやくような声音で、重三郎が返答してきた。

「ごめん」

よく通るように心がけて、平格は中に向かって声を発した。

しかし、応《いら》えはない。

「ごめん」

今度は声だけでなく平格は、どんどん、と板戸を叩いた。

――必要ならば、この戸は蹴《け》り破ってやる。

そんなことを思ったとき、平格は板戸の向こう側に人の気配が立ったのを感じた。

むっ、と少し体を引き、身構えた。

「どなたかな」

板戸の向こう側から、誰何《すいか》の声がしてきた。

油断することなく平格は、ちらりと重三郎を見やった。

板戸を見つめたまま、重三郎は沈思しているようだ。目を上げ、平格を見る。

「手前を襲ってきた頭巾の浪人と同じ声です。まちがいありません」

確信のある声で重三郎がいった。平格はうなずいて、板戸に眼差しをぶつけた。

「洛東どの、開けてもらえるか」

「どなたかな」

もう一度、同じ声がきいてきた。

「それがしは朋誠堂喜三二という者です」

「えっ」

思いも寄らない訪問者だったらしく、明らかに仰天したと思える声が、板戸の向こう側から漏れ聞こえてきた。

「蔦屋重三郎どのも一緒です」

平格の言葉は、洛東にさらなる衝撃を与えたらしい。

あまりに驚きが強かったらしく、板戸の向こうで洛東は固まってしまったようだ。

「洛東どの、開けてもらえるか。話がしたい」

ごほん、という少し重さを覚えさせる咳払《せきばら》いが平格の耳を打った。

「まことに蔦屋が来ているのか」

しわがれ声が家の中から問うてきた。

「ここにいらっしゃる。おぬしと話をしたいと望んでいるのは、蔦屋どの本人だ」

「なにゆえ俺と話をしたいのだ」

「なにゆえおぬしが蔦屋どのを襲ったか、その理由を知りたいのだ」

「俺が蔦屋を襲っただと。それはいったいなんの話だ」

「洛東どの、とぼけるのはやめたほうがよい。もはや意味がない。我らはもう、ここまで来ているのだ。吉抗林散のにおいを追って、やってきたのだからな」

吉抗林散という名が出てきたのにはさすがに衝撃を受けたか、洛東が黙り込んだ。

さらに平格は声を励まして続けた。

「つまり、我らはすべてわかってここに来ているのだ。洛東どの、早くこの戸を開けて、中に入れてほしい」

しかし、洛東は黙りこくったままだ。それでも平格には、どうすべきなのか必死に頭を巡らせている洛東の姿が、まるで板戸がないかのように見えていた。

「二人で来たのか」

沈黙を破って、ようやく洛東がきいてきた。

「そうだ」

張りのある声で平格は答えた。

「よいか、洛東どの。番所の役人など連れてきておらぬ。おぬしのことは、番所に通報しておらぬのだ。ここにいるのは、蔦屋重三郎と朋誠堂喜三二の二人だけだ」

むう、と洛東のうなり声が聞こえた。

その直後、支《か》われていた心張り棒が外れる音が平格の耳に届いた。からりと軽快な音を立てて、板戸が横に滑っていく。

平格の目に、一人の侍の姿が映り込んだ。腰に刀を差してはいるが、鯉口は切っていないようだ。

それを見て、平格は刀を鞘《さや》に戻した。吉抗林散とおぼしき薬の濃厚なにおいが漂い出てきて、平格の鼻を打つ。

「洛東周五郎どのだな」

静かな声で平格はただした。

「そうだ」

平格と重三郎をじっと見て、洛東が認めた。平格には、洛東が観念したようにしか見えなかった。

洛東は意外に若かった。まだ三十には達していないのではあるまいか。二十代の後半に見える。

「洛東どの、入れてもらえるか」

洛東を見返して平格は申し出た。

「よかろう」

あっさりと洛東がうなずき、平格たちにくるりと背を向けた。式台に上がり、暗い廊下を歩き出す。

「入ってくれ。戸は閉めてくれ」

洛東が立っていた二畳ほどの土間に、平格と重三郎は入り込んだ。さらに吉抗林散のにおいが強まったような気がする。

「こっちに来てくれ」

雪駄《せった》を脱いだ平格と重三郎は、洛東が呼ぶほうに向かって狭い廊下を歩いた。

右手に障子が開け放たれた六畳間があり、そこに洛東が座していた。

敷居際のそばに行灯《あんどん》が灯されており、淡い光を壁や障子、そして平格の足元に投げかけている。

廊下の左側の部屋にも、人の気配が感じられる。どうやら、そちらの部屋には内儀がいるようだ。

内儀が寝床に横になっているのかはわからないが、静かな気配が感じられる。こちらの様子を、息をひそめてうかがっているようにも思えた。

――だとしたら、内儀は洛東どのの裏の稼業を知っているのかもしれぬ。

「こっちに来てくれ」

また洛東に呼ばれ、平格はそちらを見た。六畳間に座している洛東は、刀を畳に置いている。

攻撃の意志などないことを示しているらしく、刀は自身の右側にちゃんと置いてある。刀の刃の向きも仕来り通り、おのれのほうに向けてあった。

平格と異なり、洛東は脇差《わきざし》を帯びていない。だいたい浪人というのは、一本差である。主家を持たずに禄《ろく》から離れた浪人は、厳密には武家とはいえないのだ。

ゆえに、侍の証《あかし》である大小二本を帯びることはまずない。

浪人は町人と同じ身分と見なされているので、もし大小二刀を差して町に出たら、町奉行所にしょっ引かれることになりかねない。

――ふむ、洛東どのは、とりあえず俺たちとやり合うつもりはないようだな。

そのことに平格は安心した。

「失礼する」

まず先に平格が部屋に入り、腰から鞘ごと刀を抜き取った。洛東から見て右側に座り、刀を自身の右側に置く。

この場所なら、もし洛東が刀を抜いて斬りかかってきたとしても、すぐに対処できるはず、と平格は踏んだのだ。

続いて、会釈して敷居を越えた重三郎が、洛東の真ん前に座した。

「おや――」

　座ってすぐ重三郎が驚きの声を上げた。

「その絵は、どなたが描いたのですか」

　目を大きく見開いて、重三郎が左側をじっと見ている。

「おっ」

　つられてそちらを見た平格も、我知らず声を漏らした。

　これまでそこにあることに気づかなかったが、左手の襖そばの畳に、一枚の絵が置かれているのだ。浮世絵ほどの大きさである。

　紺色の着物を着て寝床に横になった女が、描かれている。

　だが、やや遠い位置から眺めただけでは物足りず、平格はその絵をもっと近くでじっくりと味わうように見たかった。

「その絵は洛東どのが描いたのですね」

　強い眼差しを絵に注いで重三郎がきく。

「そうだ。だが、これは見世物ではない」

　目を三角にして素早く立った洛東が、畳から絵を拾い上げた。部屋の隅に据えてある文机《ふづくえ》の上に、裏返して置いた。

「洛東さん、その絵を見せてもらってもよいですか」

怒ったような口調で重三郎がいった。ぎろりとした目で洛東が重三郎を見る。

「今もいったが、見世物ではないのだ」

「では洛東さん、なんのためにその絵を描いたのです」

「興に任せて描いたに過ぎぬ」

「筆すさびということですか」

「そうだ」

「筆すさびにしては、うますぎます。洛東さん、どこで心得を学んだのです」

「学んだことなどない」

その言葉に平格は驚いた。それは重三郎も同じだったようだ。

「では、独学ですか」

「そうだ」

「独学とは……」

息をのんだらしい重三郎はしばらく黙り込んでいた。

「洛東さん、やはり見せてもらいます」

有無をいわさぬ口調でいって、重三郎が立った。文机に歩み寄る。

止めるかと平格は思ったが、なにもいわずに洛東はじっと重三郎を見ているだけだ。

——なんだ、構わぬのか。ならば俺も見せてもらおう。

平格も立ち、すでに文机の前に座っている重三郎の横に座した。

手に取り、重三郎が絵を表向きにする。

「おう」

重三郎の口から嘆声が漏れ出た。平格も目を凝らしたまま、身動き一つできない。

——なんとも、すごい絵だな。

つややかな筆遣いで描かれた女は、ひじょうに色っぽい。こちらを見つめている二つの瞳はしっとりと濡《ぬ》れたようで、どこか男を誘っているように見える。着物の裾から出ている二本の足はすらりと伸び、その線が実に滑らかで美しい。肌の白さが目を打つかのようである。

「これは……」

絵を見つめたまま重三郎が絶句する。目が釘付《くぎづ》けになっている。

確かに、と平格は思った。これは才があふれている絵としかいいようがない。

「洛東さん、まことに独学なのですか」

念を押すように重三郎がたずねた。

「そうだ」

力んだように洛東が答えた。

「さようですか」

信じられないという思いを、重三郎は顔に出している。

「これはご内儀ですね」

うむ、と洛東が顎を引いた。

「美しい姿を描いてみたかったのだ」

「ほかにも絵はありますか」

「ある」

「見せていただけますか」

「今はよかろう」

重三郎を見据えて洛東がいった。

「絵の話をしに来たわけではあるまい」

「ああ、そうでした」

手にしていた絵を名残惜しげに文机に置き、重三郎が洛東の前に戻る。平格は重三郎の隣に端座した。

こほん、と重三郎が空咳をした。それから面を上げ、洛東を見やる。

「三日前の晩、手前を襲ったのは洛東さんですね」

厳しさをにじませた声音で重三郎がいった。

「そうだ」

重三郎を見返して洛東が即答する。もはや、ごまかそうという気はないようだ。

その思いを、洛東の精悍《せいかん》な顔から平格は読み取った。

「なにゆえ手前を殺そうとしたのですか」

「頼まれたからだ」

「誰にです」

「それはいえぬ」

腕組みをして洛東が黙り込む。目を閉じた。

「まあ、今はよいでしょう」

さらりと重三郎がいった。

「手前を狙ったのは金を積まれたからですか」

「そうだ。驚くような大金ではないが……」

「いくらで手前の命を狙ったのです」

「五両だ」

「確かに、驚くほどの金ではありませんね」

うむ、と洛東がうなずいた。

「しかし五両あれば、五月分の薬代になる。俺たちには、とてもありがたい金だった」

「そうでしょうね」

重三郎が洛東に同意してみせる。

「その五両という金は、依頼主に返したのですか」

「返すはずがない」

「だが洛東さんには、もう手前を殺す気はないでしょう。ちがいますか」

平格は固唾《かたず》をのむ思いで、洛東の顔を見つめた。

ああ、といって洛東が点頭した。

「おぬしのいう通りだ。その気は失《う》せている」

それを聞いて平格はほっとした。重三郎は平然とした態度を崩さない。

「ならば、請け負った金は依頼主に返さなければならないのではありませんか」

「だが、もはや返せぬ。もう薬代に使ってしまったからな」

「では洛東さん、どうするのですか」

「おぬしを殺すことができれば、すべては解決するのだが……」

ため息をつき、洛東がうつむいた。

「襲われた手前が煮売り酒屋に逃げ込んだとき、手前は、刺客に殺す気が失せたことはわかりました。洛東さんはあのとき、手前を見逃しましたね」

驚いたように洛東が顔を上げた。

「なにゆえわかるのだ。おぬしが煮売り酒屋の戸口から中に入っていくのを見たとき、殺《や》る気が失せたのは事実だ。あのときは、もはやどうでもよいと思った……」

「あのとき洛東さんは、手前を殺ろうと思えばできたはずです。あの煮売り酒屋には、人のいい夫婦しかいなかったのですから」

「だが、それでは関係のない者を害することになろう。俺はそのような真似はできぬ。性に合わぬ」

洛東さん、と重三郎が呼びかけた。

「殺しの仕事を請け負ったのは、手前が初めてだったのですか」

重三郎にきかれて、むっ、と洛東が顔をしかめた。

「そうだ。おぬしが初めてだ」

ならば、と平格は思った。殺しが稼業ということはないのだ。

「さようですか」

重三郎が相づちを打った。

「金がどうしてもほしくて、俺はおぬしの殺しを請け負った……」

「では、まだその手を汚したことはないのですか」

「そうだ。一人として殺しておらぬ」

「では、洛東さんは殺しを生業にしているわけではないのですね」

「生業にできるはずがない」

「そのようですね」

言葉を切った重三郎が、さも不思議そうに首をひねる。

「それにしては洛東さん、ずいぶんとお金があるようですね」

「まあな」

当たり前のことのように洛東が答えた。

「なぜあるのです」

すかさず重三郎がたずねる。

「伝家の宝刀を売ったからだ」

「えっ、伝家の宝刀を……。いくらで売ったのです」

よくここまでずばずばときけるものだ、と平格は感心した。

「けっこう買い叩かれたが、それでも六十両になった」

それだけあれば、と平格は思った。

――通常は、一生安泰の金ではないか。しかし洛東家では、それがもう底を突きかけているのだろう。病というのは怖いな。底なしの地獄のようなところがある……。

「六十両ですか。買い叩かれたとしても、それはまことに大したものです。洛東家の伝家の宝刀は、本物の名刀だったのですね」

「焼峰斎勝亮《しょうほうさいかつあき》という刀工の作だ」

聞いたことがないな、と平格は思った。

「石地蔵の首を飛ばしたというほどの切れ味で、知る人ぞ知る刀工だ。好事家《こうずか》のあいだで人気があるのだ。手放したくはなかったが、妻の命には替えられぬ」

さばさばとした口調で洛東がいった。実際、伝家の宝刀を売却したことを後悔しているように、平格には見えなかった。

――それだけ内儀のことを大事に想《おも》っているのだろう。

「その焼峰斎勝亮という刀工は、いつの時代の人なのですか」

「鎌倉《かまくら》に幕府があった頃という」

作刀に使われる鉄の質が、最もよかったといわれる時代だ。焼峰斎勝亮という刀工が打った刀も、相当のものだったのだろう。

――それだけの刀なら一目見たかったが、致し方あるまい。

「ところで洛東さん」

話題を変えるように重三郎がきく。

「この家は借家ですか」

洛東が持ち家に住んでいるのか、それとも借家かなど、どうでもよいことに平格には思えたが、どうやら重三郎はちがうようだ。

平格と同じ思いを抱いたようで、洛東が意外そうな眼差しを重三郎に向けた。

「そうだ、借家だが、それがどうかしたか」

それには答えず、重三郎が別の問いを洛東にぶつけた。

「この家の家賃はいくらですか」

表情を険しくして、洛東が目を光らせた。

「おぬし、そんなことを知りたいのか」

「ええ、知りたいのですよ」

さらりという感じで重三郎が答えた。

「この家の家賃は、月二千五百文だ」

さすがにけっこうするな、と平格は思った。

「つまり一年で三万文の家賃ということですか。およそ八両近いことになりますか。ふむ、なかなかのものですね」

「だが、高くても俺たちにはこの家が必要だ。家内が労咳とわかり、前にいた長屋にはいられなくなったからな。一軒家なら、誰にも気兼ねせずに暮らせるゆえ」

労咳持ちはまわりの者たちから嫌われると、平格も聞いたことがある。

「吉抗林散の代金は、年におよそ十二両と考えてよいのですね」

「そうだ。一月に、ほぼ一両かかっているからな」

よくわかりました、と明るい声で重三郎がいった。

「洛東さん、一つお願いがあります。聞いていただけますか」

「ああ、聞こう」

重三郎をにらみつけるようにして洛東が居住まいを正した。

「我が蔦屋の、専属の絵描きになってくださいませんか」

「ええっ」

思いもかけない申し出だったようで、洛東の腰がすっと上がった。

平格も驚いたものの、蔦屋さんのことだからこれくらいはあるかな、と心のどこかで思っていた。

「専属になってくだされば、これからの暮らしの費《つい》えは、蔦屋がすべて面倒をみます。薬代からこの家の家賃まで、全部です」

これ以上ない破格の申し出であろう。

——ふむう、洛東どのにそこまでするのか。蔦屋さんは、よほど洛東どのの才を買ったのだな……。

ここまで重三郎に見込まれた洛東が、平格は少しうらやましかった。

「まことか。まことにそれほどの厚遇をしてくれるのか」

確かめるようにいったが、洛東は半信半疑という顔である。

「まことですよ」

洛東の顔を見つめ、重三郎があっさりと肯定した。

「ですから、薬代のために殺しを請け負うような真似をせずとも済みます。——洛東さんは、絵を描くことがとてもお好きでしょう。ちがいますか」

「絵を描くのは大好きだ。この世でいちばん好きといってよい。いや、そうではないな。いちばん好きなのは妻だ」

その言葉に平格は胸が詰まった。

――ここまで妻を愛している男が、この世にどのくらいいるのだろう。労咳にかかっているといっても、内儀はとても幸せなのではないか。俺も清江のことは愛しているが、洛東どののように、ここまで一途《いちず》にはなれぬ。清江には申し訳ないが……。

「いかがですか、洛東さん」

洛東に顔を寄せて重三郎がきく。

「確かに、これ以上ない条件だが……」

苦しげな顔で洛東がうつむく。

「洛東さん、なにか悩むことがありますか」

にこにこと重三郎がたずねた。

「いや、一度は殺そうとしたおぬしにこれだけの好条件を供してもらうなど、うれしい反面、あまりに恥ずかしく、申し訳ない気持ちになってくるのだ」

「いえ、そのようなことを考える必要はまったくありませんよ」

明るい声で重三郎がいった。

「なにしろ洛東さんの実力は、素晴らしいの一言ですからね。傲慢《ごうまん》ないい方をしますが、手前のそばで一所懸命に絵を学んでくだされば、必ず大成できます。世の中の人たちを幸せにできる絵を描けるようになります。洛東さんの絵には、それだけの力があります。そのことを手前は、今はっきりと感じ取っています」

「それはこれ以上ない賛辞だ。しかも蔦屋重三郎の言葉だ……」

洛東は喜びを嚙《か》み締めているようだ。平格は、そんな洛東がうらやましかった。

「今さらこんなことをいっても信じてもらえるかどうかわからぬが、あの煮売り酒屋におぬしが逃げ込んだとき俺が見逃したのは、おぬしが蔦屋重三郎だったからだ」

えっ、と平格は洛東をじっと見た。

「俺は、もともと蔦屋重三郎という男に憧《あこが》れがあった。いつか蔦屋から絵が出せたらいいな、と何度も夢想した。まさかその人物を殺すことになるとは、夢にも思わなかった。そして、いざおぬしを斬り殺そうというとき、案の定、怯《ひる》みが出た。俺には無理だ、とそのとき悟った。だから、わざとひどい咳をしてみせたのだ」

「では、あの咳は演技だったのですか」

さすがの重三郎もそこまでは見抜けなかったようで、驚きを隠せずにいる。

「そうだ。盛大に咳き込んでみせたのは、おぬしを逃がすための芝居に過ぎなかった。おぬしが煮売り酒屋に逃げ込んだのを確かめてから、俺はその場をさっさとあとにしたのだ」

　なるほどそういうことか、と重三郎がつぶやいた。

「煮売り酒屋の主人が外を見て、そんな浪人はどこにもいないと手前に伝えてきたのですが、そういうことなら納得できます……」

　重三郎がしみじみとした口調でいった。

「洛東さん、では病ではないのですね」

「ああ、ちがう」

「それで洛東さん、蔦屋の専属になるのに、ほかにまだ障りというべきものはありますか」

「あるさ。最も難しいのは、おぬしを殺すようにいってきた依頼主だ。俺はすでに金をもらっているしな。俺がおぬしを殺すどころか、蔦屋の専属になって絵を描きはじめたと知ったら、どういう態度に出てくるか……」

「ああ、そのことですか」

　こともなげに重三郎がいった。

「依頼主の名を教えてもらえれば、手前が会いに行って話をつけてきますよ」

「なに」

洛東が目をみはって重三郎を見る。平格も、なに、と腰が浮きかけた。

「依頼主は洛東さんに五両で人殺しをさせようという人物です。どうせひとかどの人物とはいえないでしょう。どんなうらみがあるのか知りませんが、手前が依頼主と会い、内済という形で、すべてを済ませてきますよ。もちろん、月成さんに用心棒として一緒に来ていただくことになりますが」

よろしいですか、と重三郎が目顔で平格に伝えてきた。平格に否《いな》やがあるはずがない。うなずいてみせた。

「手前には依頼主を害するような真似はする気はありませんが、相手の出方によってはどうなるかわかりません。しかし、どのみち、洛東さんに悪いようにはしませんから、どうか、安心してください」

「蔦屋、まことに依頼主とじかに会うというのか……」

「ええ、そのつもりです。どうせ手前と面識がある人でしょうからね……」

それを聞いて洛東が、こくりと首を縦に振った。

「洛東さん、依頼主とはどこで知り合ったのですか」

「飲み屋だ。普段は滅多に酒など飲まぬのだが、そのときは疲れていたのか、少しだけ飲みたいという気持ちがあった」

「どんな飲み屋ですか」

「この近所の煮売り酒屋だ。滅多に酒を飲まぬといっても、つまみや肴《さかな》がうまいので、時折、足を運んでいる店だ。その日、小上がりで一人飲んでいたら、その男がなれなれしく話しかけてきて、酒を勧めてきたのだ。そして、ちろりの酒が空になった頃、殺しの話を持ちかけてきた。しかも前金で五両、くれるというのだ。俺はその金に目がくらみ、仕事を受けた。ゆえに、俺に蔦屋の申し出を受ける資格などないのだ」

「洛東さん、ご自分を責めることはありませんよ。悪いのは、洛東さんの困窮につけ込んだその男です」

　きっぱりとした口調で重三郎がいい切った。

「おそらくその男は、手前を斬ることのできる浪人を、物色していたのでしょう。洛東さんは道場の師範代をつとめていたほどの腕前で、ご内儀は重い病にかかっている。金に困っていないはずがない、とその男は踏んだのでしょう。これほど恰好《かっこう》の人物はいないと、その男は洛東さんに話を持ちかけてきたのだと思います」

　えっ、という声を漏らして洛東が重三郎を見つめる。

「あの出会いは、端から仕組まれていたというのか」

「ええ、そういうことだと思います」

「あの男は偶然、俺に話しかけてきたわけではなかったのか……」

「偶然を装ったのでしょうね」

「そうか、あの男、俺の弱みを知っていて話を持ちかけてきたのか。いわれてみれば、久しぶりの酒で俺が酔ったところを見計らうように、話を持ちかけてきたような気がする」

「まちがいなくそうでしょう。ですので洛東さん、その男をかばう必要などありません。名を教えていただけますか」

それでも洛東は逡巡《しゅんじゅん》していた。

「洛東どの、その男に義理立てすることなど、ありませぬ」

横から平格は口を挟んだ。それまで黙っていた平格がいきなりいったから、洛東はびっくりしたようだ。

「その男は、洛東どのの弱みにつけ込んだ卑怯者《ひきょうもの》に過ぎませぬ。先ほど蔦屋さんがいわれたが、我らにお任せくだされば、決して悪いようにしませぬ。どうか洛東どの、我らを信じてください」

洛東が平格の顔に、じっと目を当ててきた。ふう、と大きく息をついてから、わかった、とついにいった。

「誰に蔦屋を殺すようにいわれたか、話そう」

唇を湿してから洛東が男の名を口にした。

「桜井外記《さくらいげき》だ」

「えっ」

重三郎にとって思いがけない名が出てきたようだ。息をのんでいる。

「どういうことだ……」

わけがわからないという感じで、重三郎がつぶやいた。

五

平格にとって、桜井外記という名は初耳である。

何者だろう、と思った。

――今はきく必要はなかろう。蔦屋さんが考えを巡らしているときに邪魔はしたくないからな。すぐに蔦屋さんは話してくれよう。

やがて、そういうことか、と納得したような声を重三郎が発した。

――なにゆえ桜井外記という男が命を狙ったのか、わかったらしいな。

「洛東さん、お話しいただき、まことにありがとうございました」

洛東を見つめて重三郎が満足そうに礼をいった。

「今から桜井外記の屋敷に行くのか」

重三郎を見つめ返して、洛東がきく。

「ええ、そのつもりです」

にこりと笑って重三郎が答えた。

「それで洛東さん、手前の申し出を受けてくださるのですか」

「おぬしさえよければ、そのつもりだ」

さっぱりとした顔で洛東がいった。

「もちろん、手前が不承知であるはずがありません。では、受けてくださるのですね。心から感謝します」

心の高ぶりを抑えきれないかのように、重三郎が勢いよく立ち上がった。

「洛東さん、桜井外記の一件が片づき次第、すぐにつなぎを入れます。お待ちになっていてください」

「あ、ああ、わかった」

あまりに話が急な展開を見せたことで、洛東は戸惑いを隠せずにいるようだ。

――しかし、洛東どのにはこれ以上ない話だ。これからの暮らしについて、なんの心配もいらなくなるのだからな。

「それから、近日中に、ほかの絵も見せていただきます。よろしいですか」

「もちろんだ」

「ありがとうございます。では、これにて失礼します」

頭を下げて重三郎が廊下に出る。刀をつかんで平格もすぐに続いた。

廊下を歩いていると、ごほごほと女が咳き込む音が聞こえてきた。

内儀は大丈夫だろうか、と平格は案じた。すぐに妻のもとに洛東が駆けつけたらしい物音が響いてきた。

この夫婦に幸があればよいのだが、と平格は心から願った。

「吉抗林散は本当に効いているのでしょうか」

外に出たとき重三郎が腹立たしげに平格にきいてきた。

「さて、どうでしょう」

平格にはさっぱりわからない。

「労咳に効く薬はないとも聞きますし」

「そうですね」

悔しそうに重三郎が唇を嚙む。

「月成さん、だいぶ遅くなってしまいましたが、まだお付き合いくださいますか」

「もちろんですよ。桜井外記という男の屋敷に行くのですね」

「さようです。月成さんが一緒でない限り、手前一人では、さすがに行こうという気になりません」

火打石と火打鉄を使って、平格は提灯をつけた。ぽっとあたりが明るくなる。

「では蔦屋さん、その桜井外記の屋敷にまいりましょう」

ありがとうございます、と重三郎がいった。

「屋敷はこちらです」

重三郎が南を指さした。うなずいて平格は提灯を掲げて歩き出した。

「桜井外記というのは、役人ですよ」

歩きはじめて、すぐに重三郎がいった。

「役人……」

ええ、と重三郎がいった。

「厳しくなる一方の書籍への取り締まりに対し、少しでも手心を加えてもらおうと、手前は桜井外記に賄賂《わいろ》を贈ったのですよ」

「その取り締まりを担当する役人が、蔦屋さんの命を狙ったとおっしゃるのですか。なにゆえでしょう」

「手前からの賄賂を受け取ったことが、松平定信公にばれるのが、怖くなったのかもしれません」

「松平定信公にばれるのを恐れた……。それで、蔦屋さんを亡き者にしようとしたというのですか」

「そうだと思います」

　確信のある声で重三郎がいった。

「それ以外、桜井外記が手前を狙う理由はなさそうですから……」

「しかし賄賂など、どの役人も当たり前のように受け取っているでしょう。松平定信公も、今は亡き田沼意次さまに賄賂を贈ったことがあると聞きますし」

「しかし桜井外記の中では、手前から受け取った賄賂は、このまま放《ほう》っておくわけにはいかぬ、ということになったのにちがいありません」

「桜井外記がそういうふうに考えざるを得なくなった理由が、なにかあるのでしょうか」

「あると思います」

おや、と平格は後ろが気にかかった。尾行している者がいるような気がするのだ。

――誰だ。

あたりには、まだまだ少なくない人影が行きかっている。だが、後ろにいる者は他の通行人とちがって浮き立つような感じではない。

――どうやら害意はないようだが……。

そのことに安堵の思いを抱いて、平格は重三郎に声をかけた。

「蔦屋さん、桜井外記が受け取った賄賂をそのままにしておけぬ、と思った理由というのはなんですか」

「手前から賄賂をもらったという事実が、桜井外記にとって、ひじょうにまずいことになったのではないかと思えるのですよ」

「えっ、それはどういう意味ですか」

つまり、と重三郎が幼子に語り聞かせるような口調でいった。

「松平定信公は、手前に対して、なにか重い処分を下そうと考えているのではないでしょうか。最大の権力者である松平定信公が目の敵にしている男から、桜井外記はよりによって賄賂をもらってしまった。今さら返すわけにもいかない。ならば、松平定信公の処分が下される前に、殺してしまえ、と桜井外記は考えたのではないでしょうか」

いったん言葉を切り、重三郎が息を入れたようだ。

「殺してしまえば、手前が桜井外記に賄賂を贈ったことは永遠に闇の中ですからね」

なんということか、と平格は思った。

――まったく汚いことをするものよ。

唾棄《だき》したくなる。

「そういうことなら納得がいきますが、松平定信公は蔦屋さんにまで、手を伸ばそうとしているのですか」

「桜井外記が手前をこの世から消そうと考えたのは、松平定信公にそういう意志があるからだとしか思えません」

平格は腹が煮えてならない。そんな理由で、蔦屋重三郎という男をこの世から除こうと考えた桜井外記を看過するつもりはないが、松平定信はもっと許せない。またしても斬り殺してやりたくなる。

「ああ、そうだ」

不意に重三郎が明るい声を上げた。あまりに唐突《とうとつ》で、平格は面食らった。

「月成さん、一ついいことを考えたのですが、聞いてもらえますか」

平格は虚を突かれた気分だ。腹立ちがさっと消えていった。

「いいことというと、それはなんですか」

興を引かれて、平格はちらりと重三郎を振り返った。

「洛東さんの筆名ですよ」

「ああ、もう考えついたのですね。蔦屋さん、さっそく教えてください」

「もちろんですよ」

顔を見ずとも重三郎が上気しているのは目に見えるようだ。よほどいい名を思いついたらしいな、と平格はほほえましく思った。

「東洲斎写楽《とうしゅうさいしやらく》ですよ」

「えっ」

よく聞き取れなかった。

「蔦屋さん、もう一度いってくださいますか」

重三郎がむしろうれしそうに繰り返す。

「東洲斎写楽ですか」

「さようです。月成さん、とてもよい名ではありませんか」

「ええ、格好よい名ですね。――ああ、洛東周五郎という名から、三つの漢字を取っているのですね」

「ええ、そうです」

喜びをあらわに重三郎がいった。

「洛東の東の字はそのまま使い、洛東の洛は楽という字を当て、周五郎の周は洲を当てたのです。写と斎はありませんが、筆名としてはこのくらいがちょうどよいのではないかと思います」

「いかにも売れそうな筆名ですよ」

「手前もそう思います」

「楽しみですね」

「まったくです」

そんなことを話しているうちに、ふと重三郎が、そこです、と冷静な声でいった。

平格は足を止め、目の前の屋敷を見た。

あまり広い屋敷ではない。少禄の旗本の屋敷というところか。

あたりには同じような広さの武家屋敷が、かたまって建っている。平格が気づかないうちに、武家屋敷町に足を踏み入れていたのだ。

「ここが桜井外記の屋敷ですよ」

苦々しげな顔で重三郎がいった。大きいとはいえない門だが、かたく閉まっているのは疑いようがない。

平格は試しに横のくぐり戸を押してみた。しかし、ぎし、と軽くきしんだだけで、戸は開かなかった。閂《かんぬき》が下りているようだ。

「しかし蔦屋さん、訪いを入れて、中に入れてもらえますか」

「難しいかもしれませんね」

そこに、すたすたと足音が聞こえてきた。

「蔦屋、朋誠堂どの――」

足音の主が呼びかけてきた。平格はそちらに提灯を向けた。うっすらと闇の中に姿を浮かび上がらせたのは、先ほど別れたばかりの洛東周五郎だった。

「洛東さん……」

目をみはって、重三郎が洛東を見つめる。

「なぜここに」

「それがしがいれば、桜井屋敷の中に入れてもらえるのではないかと思ったのだ。おぬしらだけでは、とても入れてもらえまい。屋敷に忍び込むというのなら、話は別だが……」

洛東をじっと見て、重三郎がかぶりを振った。

「いえ、さすがに忍び込むつもりはありません。では洛東さんは、手前どもと一緒に屋敷に行ってくださるのですか」

「そうだ。やはりじかに桜井外記に断りを入れたい。それがいくら殺しの依頼とはいえ、通すべき筋ではないかと思った。しかし、俺は桜井屋敷を知らぬ。ゆえに、おぬしらをつけさせてもらったのだ」

そういうことか、と平格は合点がいった。

害意が感じられぬのも当たり前のことだな。

「洛東さん、ご内儀を一人にして、大丈夫ですか」

洛東の妻を気遣って重三郎がたずねた。

「すぐに戻るといっておきました。体調がよいときは家事もこなせるくらいですから、平気ですよ」

「それならよいのですが……」

重三郎は案じ顔である。

ならば、と平格は思った。早いに越したことはない。さっさと用事を済ませて洛東を妻のもとに帰らせたほうがよい。

「洛東どの、ではお言葉に甘えてよろしいか」

前に進み出て平格は洛東に申し出た。

「むろん」

うなずいて洛東が桜井屋敷の門の前に立つ。それを見て平格は提灯を吹き消し、懐にしまい込んだ。

「頼もう」

洛東が、どんどんと手荒く門を叩いた。もし付近の屋敷の者がすでに寝についているのなら、全員が目を覚ましそうな音だ。

「どなたですか」

少し間をあけて門内から怒ったような声が聞こえてきた。

「それがしは洛東周五郎と申す者。あるじの桜井外記どのにお取り次ぎ願いたい」

「洛東周五郎さまですか。殿さまにどのようなご用件でございましょう」

「それは外記どのにじかに申し上げる」

「わかりました。しばらくお待ちください」

足音が奥に向かって去っていった。

そして、同じ足音が大して間を置くことなく戻ってきた。

「お目にかかるそうです。どうぞ、お入りになってください」

門が外される音がし、くぐり戸がきしんだ音を立てて開いた。

「失礼する」

洛東がくぐり戸に身を沈める。続いて重三郎が入り、そのあとに平格もくぐり戸を抜けた。門番らしい男が、三人も入ってきたことに仰天した。

「この者たちはそれがしの供の者だ」

強い声で洛東が門番に告げた。

「供の者なら、外で待っていてください」

「いや、よいのだ」

門番を押しのけるようにして洛東が屋敷に向かって足を進める。平格と重三郎はそのあとに続いた。お待ちくださいという門番の声はあえて無視した。

ひどく暗い玄関に入った洛東が、いきなり声を張り上げた。

「桜井外記どの、いらっしゃるか」

その声に驚いたのか、あわてて廊下を走る足音が聞こえてきた。

平格たちの前に姿を見せたのは、貧相な顔をした四十がらみの侍だった。腰に脇差だけを差している。

「あっ」

まさかそこに三人の男がいるとは思っておらず、外記は式台の上で呆然《ぼうぜん》として立ちすくんでいる。

——こやつが桜井外記か。なるほど、殺しを人頼みにしそうな、小ずるそうな男だ。

外記という男は、我知らずぶん殴りたくなるような顔をしていた。

「ああっ」

さらに、蔦屋重三郎までそこにいることを知って外記は仰天したようだ。

「手前どもが来た理由はおわかりですか」

平静な声で重三郎がたずねた。

「どういうことだ。さっぱりわけがわからぬ」

「では、説明いたしましょう」

朗々たる声で、自分たちがここまでやってきたわけを重三郎が告げた。

「これでおわかりですか」

「わ、わかった……」

「これは、手前からお返しいたします」

懐から財布を取り出し、重三郎が小判を取り出した。それを式台の上に置く。

「五両あります。これは、桜井さまがこちらの洛東さまを雇った代金です。洛東さまは、桜井さまから依頼された仕事ができなくなりました。なので、これはお返しします」

啞然《あぜん》とした顔で、外記が目の前の小判を見つめている。

「桜井さま――」

重三郎が静かに呼びかけた。

「な、なんだ」

気弱そうに外記が重三郎を見る。

「このまま桜井さまが洛東さまや手前になにもしなければ、松平定信さまの調べが入ったとしても、手前はなにも申し上げません。桜井さまのことは決して口外いたしません。しかし、もしまた命を狙うような真似をすれば、松平定信さまにすべて暴露します。桜井さま、おわかりですか」

「う、うむ、よくわかった」

「桜井さま、まことになにもしないと誓えますか」

念を押すように重三郎がいった。

「ああ、誓う」

顎をがくがくさせて外記が答えた。目がひどく血走っている。

「ならば、これでお別れです。できれば、二度と会わないようにしたいものですね」

いい捨てるや、くるりと重三郎が体を返した。外に向かって歩き出そうとする。

えいっ。気合をかけて外記が脇差を引き抜いた。重三郎に斬りかかろうとする。

外記が脇差を抜くのではないか、とその血走った目から読んでいた平格は腰の刀を抜くやいなや、さっと旋回させた。

ばさっ、という音が玄関内に響いた。脇差を振りかざした外記の前に、黒い物がぽとりと落ちてきた。

「あっ」

それを見た外記があわてて頭に触れる。その拍子《ひょうし》に髪がばさりと垂れてきた。まるで落ち武者のような風情《ふぜい》である。

平格は外記の髷《まげ》を抜き打ちに切ったのだ。

「あああぁ」

悲鳴のような声を上げて外記が式台に尻餅《しりもち》をついた。腰が抜けたようだ。右手から脇差もぽろりと落ち、三和土の上に転がった。

――さして腕は落ちておらなんだか。まあ、よかった……。ひそかに平格は安堵の息をついた。

「もしまた蔦屋を襲ったら、今度は髷では済まぬ。わかったか」

「あっ、ああ」

がくがくと顎を奮わせるようにして外記がうなずいた。外記は平格を恐怖の目で見ている。

「蔦屋さん、洛東どの、引き上げましょう」

刀を鞘におさめて平格はいった。


その晩、平格は夢を見た。

悪い夢だった。

寿平が死んだという知らせが屋敷に届いたのである。

はっ、として平格は寝床に起き上がった。

粘つく汗を、首筋や背筋にじっとりとかいている。

――なんという夢だ。

寝間着の袖《そで》で、平格は額の汗をぬぐった。

「どうされました」

横から清江が驚いたようにきいてきた。寝所の中は暗く、妻の顔はうっすらと見えている。

「悪い夢を見た」

「さようですか。あなたさま、お水でも飲みますか」

「いや、よい。清江、起こして済まなかった」

「いえ、よいのですよ」

寝床に横たわり、平格は目を閉じた。清江の姿が見えなくなった。

眠れそうになかったが、いつしか眠りに落ちていたようだ。

しかし、小鳥の鳴き声に眠りが浅くなった。

——もう朝か……。

廊下を駆けてくる足音がした。朝っぱらから騒がしいな、とぼんやりと平格は思った。

——武家は走らぬものだぞ。

「父上——」

その声に平格は完全に目が覚めた。

「為八か」

せがれの声は、なにかひどくあわてふためいているように聞こえた。

「どうした」

寝床に起き上がって平格は声を発した。腰高障子《こしだかしょうじ》が勢いよく開く。廊下に端座するせがれの顔が血走っていた。まるで昨夜の桜井外記のようだ。

「父上」

為八の声には切迫したものがあった。さすがに平格は眉根を寄せた。

「なにかあったのか」

「は、はい」

「為八、なにがあった」

はっ、と廊下でかしこまってから為八が告げた。

「倉橋格さまが亡くなったそうにございます」

一瞬、平格は為八がなにをいっているのか、わからなかった。

しかし、深夜に見た夢を思い出した。あれはこれとまったく同じではなかったか。

——あれは正夢だったのか……。

頭の中が真っ白になり、平格はなにも考えられなくなった。

父上、と呼ぶ声が遠くから聞こえていた。

本書は、ハルキ文庫（時代小説文庫）の書き下ろしです。

時代小説文庫
す 2-34

蔦《つた》屋《や》重三郎《じゅうざぶろう》事件帖《じけんちょう》㈡ 謎《なぞ》の殺《ころ》し屋《や》

著者 鈴《すず》木《き》英《えい》治《じ》

2018年 6月18日第一刷発行
2024年 11月18日第二刷発行

発行者 角川春樹

発行所 株式会社 角川春樹事務所
〒102-0074 東京都千代田区九段南2-1-30 イタリア文化会館

電話 03(3263)5247[編集] 03(3263)5881[営業]

印刷・製本 中央精版印刷株式会社

フォーマット・デザイン&シンボルマーク 芦澤泰偉

ISBN978-4-7584-4166-7 C0193

http://www.kadokawaharuki.co.jp/[営業]
fanmail@kadokawaharuki.co.jp[編集] ご意見・ご感想をお寄せください。